Wand

Paul Baeten Gronda

WANDERLAND

HOLLANDS DIEP

Omslagontwerp: Bloemendaal & Dekkers
Typografie: Perfect Service, Schoonhoven
Foto auteur: © Mauro Maiolo

ISBN 978 90 488 2443 4
ISBN 978 90 488 2444 1 (e-book)
NUR 301

www.hollandsdiep.nl

Hollands Diep is een imprint van Overamstel uitgevers bv

OVERAMSTEL
uitgevers

www.overamstel.com

FSC
www.fsc.org
MIX
Papier van verantwoorde herkomst
FSC® C110751

1/LUZERN

1

Ze had de glazen schuifdeur open laten staan en daarna had ik geslapen en toen ik wakker werd in de namiddag merkte ik dat er iets was veranderd. Ik had moeten zoeken naar wat het precies was. Ik had heen en weer door het wolkenhuis gelopen en was daarna de heuvel afgedaald, de stad in. Ik dacht dat er misschien een brand was uitgebroken of dat er een ramp was gebeurd. Die dingen waren mogelijk. Mensen staken dingen in brand. Rampen gebeurden.

2

09.44 uur

SGT. VILJEM PLESKO:	*Laten we nog eens opnieuw beginnen. Dus. Uw volledige naam.*
IGOR NAST:	*Igor Nast.*
SGT. VILJEM PLESKO:	*Naam van uw moeder.*
IGOR NAST:	*Ann Elisabeth Delahaye.*
SGT. VILJEM PLESKO:	*Uw geboorteplaats en -datum.*
IGOR NAST:	*Wilrijk, België, 23 oktober 1983.*
SGT. VILJEM PLESKO:	*Igor Nast, weet u waar de heer Hans Nast op dit moment verblijft?*
IGOR NAST:	*Natuurlijk niet.*
SGT. VILJEM PLESKO:	*Waarom bent u hier in Nova Gorica?*
IGOR NAST:	*Dat heb ik u al verteld.*
SGT. VILJEM PLESKO:	*Vertel het nog eens.*
IGOR NAST:	*Omdat mijn vader dat verlangde, en ik zijn laatste wens wilde inwilligen.*
SGT. VILJEM PLESKO:	*Is de heer Hans Nast uw vader?*
IGOR NAST:	*Voor zover ik weet wel, ja.*

SGT. VILJEM PLESKO: *Maakt u een grap, meneer Nast?*

IGOR NAST: *Allesbehalve.*

SGT. VILJEM PLESKO: *Dus is de heer Hans Nast uw vader?*

IGOR NAST: *Ja.*

SGT. VILJEM PLESKO: *Weet u waar hij zich op dit moment bevindt?*

IGOR NAST: *Natuurlijk niet.*

SGT. VILJEM PLESKO: *Wie heeft er nog meer weet van uw verblijf hier in Nova Gorica?*

IGOR NAST: *Niemand.*

SGT. VILJEM PLESKO: *Niemand?*

IGOR NAST: *Niemand.*

SGT. VILJEM PLESKO: *Hoe komt dat?*

IGOR NAST: *Hij wilde het zo.*

SGT. VILJEM PLESKO: *Wie wilde het zo?*

IGOR NAST: *Hans Nast.*

SGT. VILJEM PLESKO: *Meneer Nast, waar woont uw vader?*

IGOR NAST: *De laatste jaren in Luzern, Zwitserland.*

SGT. VILJEM PLESKO: *Wat zocht hij hier in Slovenië?*

IGOR NAST: *Ik weet het niet. Herinneringen, denk ik.*

SGT. VILJEM PLESKO: *Herinneringen? Dat klinkt vaag.*

IGOR NAST: *Absoluut. Dat klinkt uiterst vaag.*

SGT. VILJEM PLESKO: *Is uw vader een rijk man, meneer Nast?*

IGOR NAST: *Dat hangt ervan af wat u rijk vindt.*

SGT. VILJEM PLESKO: *Hou me niet voor de gek, meneer Nast.*

IGOR NAST: *Dat doe ik niet.*

SGT. VILJEM PLESKO: *Mijn buurman heeft twee koelkasten. Een voor groenten, kaas, mayonaise en dat soort dingen, en eentje enkel voor drank. Hij wordt hier beschouwd als een rijk man.*

IGOR NAST: *O. In dat geval is mijn vader een Rothschild.*

SGT. VILJEM PLESKO: *Pardon?*

IGOR NAST: *Ja, hij is rijk.*

SGT. VILJEM PLESKO: *Hoe rijk precies?*

IGOR NAST: *Rijk genoeg om zijn dankbaarheid te uiten als u hem zoekt en vindt in plaats van zijn zoon vast te houden, omdat die toevallig geen paspoort bij zich heeft.*

SGT. VILJEM PLESKO: *Wanneer heeft u de heer Nast voor het laatst gezien?*

IGOR NAST: *Wat denkt u? Dat ik me plots ga vergissen, omdat u me die vraag voor de honderdste keer stelt? Zoals ik al elke keer zei, en zoals ik ook al de volgende keren zal herhalen: eergisteravond om tien uur ging hij naar bed. De volgende ochtend was hij verdwenen.*

SGT. VILJEM PLESKO: *Waarom belde u dan pas gisteren om... zestien uur nul acht naar dit kantoor?*

IGOR NAST: *Ik dacht dat hij misschien uit wandelen was.*

SGT. VILJEM PLESKO: *Uit wandelen.*
Om hoe laat stond u op die dag?

IGOR NAST: *Iets over zes. Ik zie de zon graag opkomen.*

SGT. VILJEM PLESKO: *U ziet – oké.*
Iets over zes. Dus u dacht: Vader is even tien uurtjes lang gaan wandelen. Een man van vierenzeventig jaar. Lijkt u dat normaal?

IGOR NAST: *Nee.*

SGT. VILJEM PLESKO: *Waarom belde u ons dan niet meteen?*

IGOR NAST: *Omdat ik de toekomst niet kan voorspellen. Ik dacht: Misschien is hij binnen vijf minuten wel weer terug. Maar dan was hij er tien minuten later nog niet. En zo tikt de dag voorbij. We beseffen de meeste dingen pas als het te laat is, sergeant.*

SGT. VILJEM PLESKO: *Zo. U lijkt wel een filosoof. Heeft u werk, meneer Nast?*

IGOR NAST: *Ik ben schilder.*

SGT. VILJEM PLESKO: *Schilder?*

IGOR NAST: *Ja.*

SGT. VILJEM PLESKO: *Muren en zo?*

IGOR NAST: *Doeken en zo.*

SGT. VILJEM PLESKO: *Bestaat dat nog?*

IGOR NAST: *Zo blijkt.*

SGT. VILJEM PLESKO: *Komt u een beetje rond?*

IGOR NAST: *Ik mag niet klagen.*

SGT. VILJEM PLESKO: *U mag niet klagen.*
Waarom bracht u de heer Nast naar Nova Gorica?

IGOR NAST: *Nogmaals: omdat dat zijn wens was.*

SGT. VILJEM PLESKO: *Bent u zijn enige kind?*

IGOR NAST: *Nee, dat zou ik niet zeggen.*

SGT. VILJEM PLESKO: *Waarom vindt u dat grappig?*

IGOR NAST: *Omdat mijn vader veel kinderen heeft, bijna evenveel als hij huwelijken had. Ik ben een van zes. Tenminste, dat denk ik.*

SGT. VILJEM PLESKO: *Hoe is uw relatie met al die broers en zussen?*

IGOR NAST:	*De laatste weken even buiten beschouwing gelaten? Zo goed als onbestaande.*
SGT. VILJEM PLESKO:	*Hoe komt dat?*
IGOR NAST:	*Omdat iedereen het druk heeft en ver weg woont van elkaar.*
SGT. VILJEM PLESKO:	*Heeft u familie hier, in Slovenië?*
IGOR NAST:	*Niet bij mijn weten. De meesten wonen in Zwitserland. Mijn jongste halfbroer woont in Amerika. En mijn halfzus, Helena, die woont in Lima.*

11.04 uur

KPT. ZIGA TURK:	*Wilt u koffie?*
IGOR NAST:	*Nee.*
KPT. ZIGA TURK:	*U drinkt geen koffie?*
IGOR NAST:	*Is dat strafbaar?*
KPT. ZIGA TURK:	*Drinkt u andere dingen?*
IGOR NAST:	*Nee, ik drink helemaal niets. Natuurlijk drink ik andere dingen. Jezus.*
SGT. VILJEM PLESKO:	*U hoeft zich niet zo op te winden. Meneer Nast, wat zegt de naam Charlie Days u?*
KPT. ZIGA TURK:	*U lijkt plots erg nerveus, meneer Nast. Hoe komt dat?*
SGT. VILJEM PLESKO:	*Meneer Nast, heeft u uw eigen vader om het leven gebracht?*
IGOR NAST:	*Pardon?*
SGT. VILJEM PLESKO:	*Net zoals u juffrouw Days liet verdwijnen?*
IGOR NAST:	*Jullie zijn gek. Wat is dit, hebben jullie eindelijk Google geraadpleegd? Dan weten jullie intussen ook dat ik echt Igor Nast ben, dus als we dan nu godverdomme tot de zoektocht naar mijn vader kunnen overgaan...*
SGT. VILJEM PLESKO:	*Dat was geen antwoord op mijn vraag, Igor. Heeft u uw eigen vader laten verdwijnen, net zoals u juffrouw Days liet verdwijnen?*
IGOR NAST:	*Ik wil graag een advocaat bellen.*
SGT. VILJEM PLESKO:	*Ja, die mag u zo bellen. Maar niet voor u me vertelt waar u de heer Hans Nast of zijn lijk heeft verstopt.*

IGOR NAST:	*Dit is nonsens. We verliezen tijd. Mijn vader is ziek en loopt misschien te bevriezen in dit achterlijke kutdorp.*
SGT. VILJEM PLESKO:	*Uw taal, meneer Nast. Het is zomer, trouwens. En blijft u maar gewoon zitten.*
KPT. ZIGA TURK:	*Laten we even pauzeren.*

11.59 uur

KPT. ZIGA TURK:	*Meneer Nast, ik wil u met klem vragen om de volgende vragen uitsluitend met ja of nee te beantwoorden. Kunt u dat voor mij doen?*
IGOR NAST:	*Ja.*
SGT. VILJEM PLESKO:	*Kent u juffrouw Charlie Days, geboren in Manchester op 19 mei 1981?*
IGOR NAST:	*Ja, maar –*
SGT. VILJEM PLESKO:	*Had u een liefdesrelatie met haar?*
IGOR NAST:	*Ja.*
SGT. VILJEM PLESKO:	*Weet u waar uw vader, Hans Nast, zich bevindt?*
IGOR NAST:	*Nee.*
SGT. VILJEM PLESKO:	*Heeft u een ruzie met hem gehad de voorbije dagen?*
IGOR NAST:	*...*
JKPT. ZIGA TURK:	*Heeft u ruzie gehad met uw vader de voorbije dagen?*
IGOR NAST:	*Ja.*
KPT. ZIGA TURK:	*Als we jullie bungalow doorzoeken, zullen we dan bloedsporen vinden?*
IGOR NAST:	*Nee. Ja. Misschien.*
SGT. VILJEM PLESKO:	*Ja of nee.*
IGOR NAST:	*Ik denk het wel.*
KPT. ZIGA TURK:	*Hield u van Charlie Days?*
IGOR NAST:	*Natuurlijk.*
SGT. VILJEM PLESKO:	*Ja of nee, alstublieft, meneer Nast.*
IGOR NAST:	*Ja.*
KPT. ZIGA TURK:	*Heeft u haar teruggezien sinds mei 2013?*
IGOR NAST:	*Nee.*

KPT. ZIGA TURK:	*Heeft u vandaag leugens verteld om mij of mijn collega's te misleiden?*
IGOR NAST:	*Nee.*
KPT. ZIGA TURK:	*Vertelt u weleens leugens?*
IGOR NAST:	*Ja.*
KPT. ZIGA TURK:	*Zou u veel geld erven in geval uw vader komt te overlijden?*
IGOR NAST:	*Ik denk het wel.*
SGT. VILJEM PLESKO:	*Ja of nee.*
IGOR NAST:	*Ik weet het niet. Ik denk het wel.*
KPT. ZIGA TURK:	*Heeft u schulden?*
IGOR NAST:	*Nee.*
SGT. VILJEM PLESKO:	*Klopt het dat u in mei 2013 in* Zeit Magazin *verklaarde dat het voor u voelde alsof u zelf had bijgedragen aan haar verdwijning?*
IGOR NAST:	*Dit is belachelijk.*
KPT. ZIGA TURK:	*Maar klopt het?*
IGOR NAST:	*Ik wil graag een van mijn broers bellen. Hij is advocaat.*
KPT. ZIGA TURK:	*Waar is je vader, Igor?*
IGOR NAST:	*Ik wil Robert Nast bellen.*
KPT. ZIGA TURK:	*Wanneer u een probleem tegenkomt in uw leven, zoekt u dan de snelste oplossing?*
IGOR NAST:	*Ik wil nu echt graag mijn broer bellen.*
SGT. VILJEM PLESKO:	*Zitten blijven.*
KPT. ZIGA TURK:	*Heeft u weleens iemand zo graag gezien dat u er gek van werd, meneer Nast?*
IGOR NAST:	*Stop.*

3

De lijmachtige geur van de mimosa waaide de taxi binnen. Dit was niet Manchester, dit was niet L.A. Hier kon je bloemen ruiken nog voor je ze kon zien. Alles wat ik miste ademde ik in. Warm zand onder onze voeten, spatten oceaan op onze huid. Alsof mensen enkel temperatuur en vel konden zijn. 'Ruik je dat?' vroeg ik aan Aslan. Die concentreerde zich op de weg die tussen de velden liep en deed alsof hij mij niet had gehoord.

Mijn naam is Igor Nast en ik ben het eerste kind uit het enige huwelijk van mijn moeder, Ann Delahaye. Ik zat op een bankje in Venetië toen mijn halfbroer Robert Nast, het tweede kind van zijn moeder, Gertrude Schiller, mij belde om te melden dat onze vader ziek was geworden en weldra zou sterven. De volgende ochtend zocht ik een taxichauffeur die bereid was om mij van Venetië naar vaders huis in Luzern in Zwitserland te brengen. Die taxichauffeur werd Aslan.

We reden traag door de openschuivende poort van een klein domein aan het Vierwoudstrekenmeer. Eenmaal de poort door moest Aslan een soort grasduin over. Hij rechtte zijn rug en stak zijn neus omhoog om beter te zien waar hij zijn auto heen stuurde. Het was de eerste keer dat ik mijn vader hier bezocht en ik keek net als Aslan naar wat komen zou. En toen werden de hoge sparren, de geïmporteerde oleanders en de oude, waterloze fontein zichtbaar aan de andere kant van de heuvel. Beneden, nog geen meter boven het Vierwoudstrekenmeer, lag het huis waar Hans Nast nu al iets meer dan tien jaar woonde. Dat moest een record voor hem zijn.

De architectuur dateerde op het eerste zicht uit de late negentiende eeuw. Het huis had hoge gevels die in een vuil zalmroze waren geschilderd. Dat paste best goed bij het groen van de luiken. Een groen dat je in een schilderij zou gebruiken om de kleine bladeren van een olijfboom te vullen of heldere punten van de Atlantische Oceaan tijdens de herfst te accentueren. Ik las het adres nog eens na en zei: 'Ja, dit moet het zijn.' Aslan had de taxi op een beleefde afstand van de voordeur geparkeerd en voor de tweede keer gevraagd of dit wel zeker het juiste huis was.

Mijn oudste halfbroer, Hans Nast junior, stond op het bordes te wachten. Hij droeg een gestreken bermuda en een groene polo zonder knoopjes. Het was warm maar Hans juniors poriën lieten geen druppel zweet door. Hij zag eruit alsof hij daar eerst persoonlijk toestemming voor zou moeten geven.

Hans junior schudde mijn hand terwijl hij zijn vrije linker op mijn bovenarm legde. Zijn aftershave was sterk maar stoorde niet. 'Heel goed, Igor, ik weet dat je het druk hebt,' zei hij, en hij wees me erop dat ik nog precies de tijd had om me op te frissen en om te kleden alvorens het avondmaal zou aanvangen. Ik was lang niet in een omgeving geweest waar avondmalen aangevangen werden. Hans stelde een soort ober in een keurig wit trainingspak aan me voor als meneer Daniel.

'Mijnheer Nast,' zei meneer Daniel, en hij stak een hand uit.

'Hallo Daniel, ik ben Igor,' zei ik, en schudde zijn hand zo democratisch mogelijk. Een vorm van familiair gedrag die Hans junior ongepast leek te vinden.

'Kom,' zei hij. 'Geef die mooie rugzak van je maar aan meneer Daniel.'

Vanbinnen leek het huis op een oud klooster dat opnieuw was ingericht door een pooier. Vanuit de hal keek je de woonkamer binnen en achter de hoge ramen fonkelde het Vierwoudstrekenmeer. Ik volgde Hans junior de brede trappen op naar wat hij de slaapvertrekken noemde. Dat bleek een lange gang te zijn op de tweede verdieping. We kwamen voorbij een op een kier staande deur waarachter ik een man in witte kleding op bed zag zitten. Hij zag eruit alsof hij in gebed was.

'Hier slapen Anthony en ik,' zei Hans junior. Hij liet het klinken als een geruststelling, alsof ik er terechtkon als ik een nachtmerrie had of in mijn broek had geplast. 'Tony, Igor is hier'.

'Hallo,' zei de man zonder op te kijken.

'Hij neemt heel die yoganonsens echt heel serieus,' zei Hans junior, zonder te fluisteren.

'Fuck you, Hanzi,' zei Anthony, die een cirkelvormige beweging maakte met zijn armen, vlot over zijn hoofd streek met een wit handdoekje en me toen een hand kwam geven. 'Welkom,' zei hij. 'Ik ben Anthony. Wat fijn om eens een echte schilder te ontmoeten.'

Mijn vader woonde tien jaar in dit huis en een wildvreemde die aan yoga deed heette me er welkom.

'Hoi,' zei ik.

Mijn halve bloedverwanten lieten zich vervolgens een voor een zien.

'Hey, maestro!' riep mijn Amerikaanse halfbroer Davy terwijl hij uit de badkamer kwam. Hoewel ik Davy niet had gezien sinds hij tijdens een vakantie zijn gameboy in een zwembad had laten vallen en de rest van de vakantie huilde, kwam hij op me af alsof we oude makkers waren. Hij was nu groter dan ik, had zijn haar kort laten knippen en leek veel tijd door te brengen in een gymzaal. Maar hij had nog steeds de kinderlijke blauwe ogen die ik me van hem herinnerde. Ogen die meteen alles vertelden en hem ongeschikt maakten voor liegen of doen alsof.

'Hi Davy,' zei ik.

Davy stak zijn hemd in zijn broek.

Door het melkglas van de oude badkamerdeur zag ik een wazig silhouet bewegen. 'Hoi!' riep ik.

'Aangenaam!' antwoordde een vrouw terwijl ze met haar gestrekte voet de deur openduwde en, gezeten op het toilet, zwaaide en me haar hand uitstak. Ze was een slanke vrouw met lange benen. Ze glimlachte breed.

Hans junior draaide zich van haar weg en mompelde iets over maar beter eens de kamer gaan zoeken. Céline Barra was haar naam en ze was een Française, fluisterde hij me toe terwijl we weer verder liepen. Zij kende volgens hem te weinig schaamte.

De kamer die me werd toebedeeld werd door Hans junior aangeprezen als de mooiste van het huis, vooral omdat er een open haard in stond. Nu stond in dit soort huizen haast in elk vertrek een open haard, dus ik vermoedde dat er ratten waren gesignaleerd of dat je van de verdieping eronder alles wat er gebeurde kon volgen door de dikke spleten in de plankenvloer.

Door een klein dakraampje kon je het meer zien, maar dan moest je wel op een krukje gaan staan. Er stond een krukje. Er stond niet veel anders. Een bed, een kleine ronde tafel met een eenvoudige stoel en dan dus het krukje, onder een wastafel met een roestige kraan waarvan Hans junior zich spoedde te waarschuwen dat er enkel bruin water uit stroomde.

Achter Hans junior, die met lichtjes gebogen hoofd in de deuropening was blijven staan, zag ik zijn Anthony in een spierwitte kamerjas over de overloop wandelen. Ik hoorde Céline verderop kirren. Haar hoge tonen werden versterkt in de nok van mijn nieuwe kamer. De sfeer in dit deel van het huis leek meer op die van een zomervakantie dan op die van een rouwbed. Vader zelf was nog nergens te zien.

Hans junior tikte op zijn telefoon en schudde geconcentreerd van ja en soms van nee en dan liet hij zijn tong klikken. Hans junior bewoog geld. Dat had hij zelf zo eens uitgelegd. Ik veronderstelde dat hij daar nu mee bezig was, met geld te bewegen.

Door het kleine raam viel een vertekende veelhoek aan licht. Het was te weinig, zoveel was duidelijk. Dit was niet het licht dat je hier normaal op dit uur zou gezien hebben. Dat licht zou je naar buiten gezogen hebben. Het zou de kamer hebben opgewarmd en de ruimte groter hebben laten lijken dan ze echt was. Nu leek alles precies wat het was: een kleine, vochtige uithoek in een huis dat zonder zon gewoon een versleten gebouw op natte grond was.

Ik pakte mijn eigen telefoon uit mijn jaszak en zag dat mijn agent Frank Sonntag me vier keer had gebeld. Ik zette het ding uit en legde hem in de lade van de ronde tafel. Toen ik hem vanuit Venetië liet weten dat ik niet kon blijven voor de vernissage omwille van mijn vaders nakende dood, vroeg hij: 'Heb jij een vader?' En meteen daarna zei hij: 'Jij doet natuurlijk wat je moet doen, ik regel het wel voor jou. Dus maak je geen zorgen, ik regel het voor jou.'

Hans junior stond nog steeds in de deuropening. Hij stak zijn telefoon in zijn broekzak, zei 'zo' en knikte goedkeurend, alsof we net samen een klusje hadden afgerond. 'Vind je hier alles?' vroeg hij.

Ik keek rond in de lege kamer. Het krukje in de hoek, het bed, de tafel met mijn rugzak erop. Ook hij keek rond. Het krukje. De tafel. Het bed.

'Ja,' zei ik.

'De badkamer is de tweede deur links de gang op.'

'Prima.'

Ik haalde een nieuw paar groene sokken uit de rugzak. Hans bleef naar me kijken. Ik legde de sokken languit op de tafel. Ik was gehecht aan mijn sokken.

'Is hij er niet?' vroeg ik.

'Hij? Je bedoelt papa?' vroeg Hans junior. 'Natuurlijk wel. Wat dacht je, dat hij uit joggen was?'

Ik had nooit begrepen waarom volwassen mannen hun vader papa bleven noemen. Hans junior was een van de financiële wonderboys die erin waren geslaagd om fortuin te maken bij de crash van 2008. Hij belde mij toen hij het nieuws over mijn moeder hoorde. Maar na het protocollaire deel van het gesprek vergat hij waarom hij oorspronkelijk had gebeld en praatte hij over financiële markten zoals normale mensen over groenten en fruit praatten. Rot. Lekker. Scheppen. Dumpen.

Hans junior keek op zijn horloge. 'Binnen drieëntwintig minuten wordt er gegeten met papa,' zei hij.

'Dat is stipt voor een doodzieke,' zei ik.

'Wat zeg je?'

'Niets. Ik zie je zo.'

'Fijn. Igor, een gestreken hemd hoeft niet maar is wel zo aangenaam.'

4

Charlie Days had de glazen schuifdeur open laten staan en daarna had ik geslapen en toen ik wakker werd in de namiddag merkte ik dat er iets was veranderd. Dat was dag één geweest. De dag waarop ik hier in Luzern arriveerde was dag duizend. De duizendste dag sinds ik het had gemerkt. Ik had moeten zoeken naar wat het precies was. Ik had heen en weer door het wolkenhuis gelopen en was daarna de heuvel afgedaald, de stad in. Ik dacht dat er misschien een brand was uitgebroken of dat er een ramp was gebeurd. Die dingen waren mogelijk. Mensen staken dingen in brand. Rampen gebeurden.

Maar ik rook of hoorde niets abnormaals. Mensen leken niet in paniek of op de loop voor onheil. Later zag ik wat er aan de hand was. Een dag of twee, hoogstens drie, later, toen mijn eerste indrukken bevestigd werden en het niet langer te ontkennen viel. Maar dag één was de dag geweest dat Charlie Days 's ochtends de schuifdeur liet openstaan en ik in slaap was gevallen nog voor het middaguur.

Was het sindsdien zo uit de hand gelopen dat het op een rampenfilm ging lijken? Nog niet. Je kon het ook niet altijd even precies duiden en de meeste mensen leken er zelfs geen aandacht aan te besteden. Eigenlijk leek niemand er aandacht aan te besteden. En dat terwijl de tekenen overal aanwezig waren.

Je zag het aan de mensen hun huid, die steeds doffer leek, of aan de reflectie van het zonlicht in meren en fonteinen. Je voelde het aan je lichaam, dat fut verloor en zwaarder werd. Je merkte het aan de nervositeit tussen mensen en aan de groeiende onrust bij dieren. Vooral honden en kraaien leken het gewaar te worden. Honden keken je aan zoals ze doen voor er een grote storm losbreekt en vogels cirkelden als door dolheid aangestoken boven de steden.

Kleuren waren allang niet meer wat ze ooit waren. Oranjes werden bruiner, geeltinten kleurden af tot beige of verdwenen gewoon helemaal in smerig wit. De contouren van gebouwen, bladeren, ogen en monden vervaagden. Eerst dacht ik dat het aan de smog lag, maar het fenomeen was even merkbaar aan de Alpen of wanneer ik boven de oceaan vloog. Alles leek in elkaar over te lopen, zoals een aquarel waar iemand een glas water over had laten vallen. Dagen gingen meer op de valavond lijken en in de nachten werd het zo donker dat je geen richting of hoogte meer kon inschatten en je enkel kon duizelen in de diepte. Nu kan dat misschien normaal zijn in Reykjavik of Oslo tijdens de wintermaanden, maar niet in Brussel of Londen, niet in Madrid, niet in Los Angeles. Niet hier in Zwitserland. Ik was bang geworden voor de nachten.

Ik was bang geworden omdat ik zag dat het zonlicht stilaan uitdoofde. Dat klinkt gek, maar het was de eenvoudige waarheid.

Iedereen leek intussen gewoon door te gaan met wat hij in zijn beperkte tijd belangrijk genoeg vond. Mensen bewogen onder de lage zweem van kunstmatig licht en met hun hoofden onder de lantaarnpalen die als metalen treurwilgen overal geplant stonden. Ze zaten voor felle schermen of in het bronloze licht van kantoorruimtes. Parken waren verlicht door romantisch geel, restaurants werden sfeerverlicht naargelang de smaak van de beoogde klanten. Hospitalen, politiekantoren en ziekenhuizen waren grote blokken van wit analytisch licht dat voorzien was om niets aan de attentie te laten ontsnappen.

In het begin had ik mensen gevraagd of zij ook iets vreemds opmerkten. Dat leidde tot veel verschillende antwoorden maar nooit tot de essentie. Ik ontdekte dat mensen bang zijn. Het werd me steeds duidelijker dat hetgeen ons drijft niet seks is, ook geen veroveringsdrift of schoonheid, maar wel pure angst. Angst stuurt ons sinds de oorsprong van hoek naar hoek, jaagt ons op en en achtervolgt ons met ziektes, geweld en pijn, en door de geschiedenis laten we het lijken alsof die kriskras van hazensprongen een rechte lijn vormt. In de schoolboeken wordt een horizontaal, tweedimensionaal vlak getekend, en dat is dan onze schijnbaar vooraf geplande vooruitgang. De waarheid is dat we weglopen van het verleden, niet de toekomst tegemoet stormen.

Toen ik mensen vroeg of ze ook iets merkten, zeiden ze, vaak fluisterend of op samenzweerderige toon: ‘Eindelijk iemand die het ook gezien heeft.’ Vervolgens beschreven ze hoe de wereld spoedig aan haar einde zou komen door de schuld van de Koran, boringen naar natuurlijk gas, de overconsumptie van suiker, allerlei soorten kankers veroorzaakt door allerlei soorten straling, een Afrikaans virus dat momenteel nog lag te broeden in Sierra Leone of Liberia, de dominantie van de Chinezen, het nationalisme, twee graden Celsius opwarming, een buitenaardse invasie, overbevolking, de farmaceutische lobby, zelfrijdende wagens, de monopolisering van onze groenten en fruit, de stedelijke vereenzaming, de teloorgang van het onderwijs, online daten, Noord-Korea, stress of de stijgende onvruchtbaarheid van onze vrouwen.

Niemand kwam echter tot hetgeen nu al duizend dagen zo klaar en duidelijk bleek. Namelijk dat het stilaan donkerder werd. Hoewel het langzaam ging en het voor mensen die niet voortdurend met licht en kleur bezig waren misschien moeilijker op te merken was: stilaan verdween het zonlicht. En het kon zijn dat dit proces nog honderd jaar zou aanhouden, misschien wel duizend jaar. Maar al was het tienduizend of tien miljoen jaar, de tijd in de kosmos is niet die van de mens. Geen man of vrouw zou in een leven mogen merken hoe het heelal met de zaken omging. Dat is niet goed voor een mens, daar is hij niet op gebouwd.

Natuurlijk had ik er vele nachten van wakker gelegen. Tenminste, tijdens de eerste anderhalf jaar. Het voelde alsof ik de eerste waarnemer was van dit fenomeen en de rest moest inlichten. Op het internet ging ik op zoek naar mensen die dezelfde verandering gewaarwerden. Enkele fora rond kosmologische verschijnselen kwamen naar boven, maar het betrof zonder uitzondering gekken en fantasten.

Omdat ik merkte dat mensen vreemd reageerden als ik erover sprak, probeerde ik hun het verschil in licht objectief te bewijzen met een lichtmeter. Dat leek hun wantrouwen er alleen maar groter op te maken. Ze verloren zichzelf snel in details: waarom heeft u in godsnaam een lichtmeter op zak? Bent u een fotograaf? Als ik dan zei dat ik schilder was, dan leken ze zelfs dat niet meer te geloven. 'Wat minder boven de dampen van de verf hangen,' zeiden ze dan. Zodra mensen vermoeden dat je gek bent, lijkt meteen alles wat je daarna aanvoert, ook feiten die het tegendeel bewijzen, dat vermoeden te versterken.

Na een tijd liet ik het achterwege om erover te praten. Misschien hield het verschijnsel ooit op, misschien ook niet. Misschien gebeurde er niets, misschien doofden we stilaan uit. Hoe dan ook, het was niet iets wat ik zou kunnen oplossen. Ik was een schilder en had het al moeilijk genoeg met de wereld wanneer er geen doek tussen zat als filter.

Sindsdien deed ik alsof het leven geen plan of kompas nodig had, maar gewoon minuut per minuut kon worden ontdekt. Alsof je 's nachts met een kleine zaklamp over onbekend terrein liep en niet verder kon zien dan de plek waar je voet bij de volgende pas zou landen. Zo leek het de meeste dagen min of meer te lukken. Ik dacht: dit doe ik tijdelijk, het gaat ooit wel voorbij en dan laat ik weer een toekomstvisie toe die verder reikt dan enkele uren of een halve dag. Dat geloofde ik nu al duizend dagen lang elke dag en nu was ik in een huis in Zwitserland bij een stervende vader en ik wist niet wat er nog van dat geloof overbleef.

5

Hans Nast zag er goed uit voor iemand die stervende was. Hij zat in een rolstoel die de eetkamer werd in geduwd door meneer Daniel. Hans Nast begroette iedereen met een knikje en merkte ook mij op.

'Igor, zoon,' zei hij, 'je ziet er goed uit.'

Hans Nast werd aan het hoofd van de tafel geparkeerd en meneer Daniel posteerde zich achter hem tegen de muur. Zoals een bodyguard. Of een ballenjongen. We hoorden heel wat kabaal afdalen in het trappenhuis achter de hoge dubbele deur. Een brommende stem die, vermoedde ik, van mijn neefje Mirko was. Een stem die doordraafde, vierkant en luid, en die soms uitschoot in schel gepiep. Er klonk ook een vrouwenstem die zonder pauzes ratelde en geen antwoord kreeg van een derde persoon die je je enkel kon voorstellen omdat iemand met zware, ritmische pas de houten trappen af wandelde en zich zo onderscheidde van het nerveuze getik van de vrouwenstem en het stoppen en gaan van de puberstem. Mirko, Monica en Robert, dacht ik, omdat zij de enigen waren die ik nog niet gezien had. Helena moest hier ook nog zijn, maar haar stem zou ik herkennen, dat wist ik wel zeker. Dat wist ik wel bijna zeker.

De deur zwaaide open, ik stond op en begroette mijn halfbroer Robert Nast, zijn vrouw Monica en hun zoon Mirko. Monica droeg een cocktailjurk die zo strak zat dat de zomen ervan in haar gebruinde huid sneden. Ze praatte luid. Mirko schudde mijn arm bijna van mijn romp. 'Voorzichtig,' zei Robert daar lachend op, 'je oom Igor heeft die nog nodig.'

Robert en ik hadden elkaar niet gezien sinds hij nog dronk en ik nog niet dronk, en nu was ik een oom van zijn zoon. Robert was altijd de knapste geweest maar nu was zijn gezicht ingevallen en enkel de uitstekende jukbeenderen en donkere ogen deden nog denken aan wie hij vroeger was. Mijn halfbroer zag eruit als een acteur na de belastende jaren van zijn succes. Hij gaf me een schouderklopje en een knipoog. Ik gaf hem hetzelfde terug maar je kon zien dat mijn versie een stuntelige nabootsing was van zijn origineel.

'Ik vertelde Igor net dat hij er goed uitziet,' zei Hans Nast toen Mirko eindelijk stilzat op zijn stoel.

Ik zag er niet goed uit. De afgelopen jaren had ik ervoor gezorgd dat niets me bond aan een plaats. Ik had geen huisdieren, geen auto's, geen kasten vol kleding, geen borden en geen minnaressen in de wereldsteden waar schilders moesten rondhangen om schilders te kunnen blijven en doorgaans minnaressen hadden zitten in kleine flatjes. Dat interesseerde me allemaal niet en meer dan dat was ik er bang voor. Ik had één prima leren jasje, identieke jeansbroeken, identieke T-shirts en identieke groene sokken die ik desnoods door Frank Sonntag liet bezorgen in het hotel waar ik verbleef. Al maanden had ik geen penseel gezien en al duizend dagen lang had ik geen werk meer aangeraakt. Bovendien had ik in maanden niet goed geslapen en dus zag ik er van alles uit, maar zeker niet goed.

'De laatste keer dat we elkaar zagen, Igor, dat weet ik nog,' zei Hans Nast. Hij schraapte zijn keel en zei: 'Dat was in Frankrijk in 2004. Toen was ik nog met die verdomse Spaanse hoer.'

'Vader, alsjeblieft,' zei mijn halfzus Helena, die op dat moment met natte haren en een handdoek de kamer binnenkwam. Ik liep op haar toe en wilde haar een hand geven maar haar kus was sneller. Daarna streelde ze Hans Nast over zijn hoofd en ze zei iets in een Zwitsers dialect wat ik niet verstond en waarop Hans junior, Monica en Robert hartelijk moesten lachen. 'De Zwitsers' noemde moeder hen altijd, het eerste gezin van vader, alsof dat wel genoeg zei.

'Het was 2002. Jij ziet er ook goed uit, beter dan ik had verwacht,' zei ik tegen mijn vader. Helena glimlachte en dat deed me deugd. Misschien had ik haar op een bepaalde manier wel gemist zonder het te beseffen. Vijf jaar eerder hadden we elkaar gezien in Parijs en toen hadden we wat gedronken en even gepraat. Het was niet veel maar het was iets en in deze familie was vijf jaar niet eens erg lang geleden. Dus het kon. Je kon iemand gemist hebben en dat pas voelen bij het weerzien.

'Ja, vind je niet?' zei Hans Nast. 'Ik voel me ook goed. Ik voel me eigenlijk best goed.' Hij leek zichzelf helemaal overtuigd te hebben van wat hij net zei. 'Wat hadden ze dan tegen je gezegd?' vroeg hij.

'Dat je ziek was en snel zou sterven,' zei ik. Hier zat mijn vader. Voelde zich goed, zei hij. Hij voelde zich goed maar dat maakte mij niets uit. Ik had geen enkele goede herinnering aan deze man.

'Dat is niet helemaal waar,' zei Hans junior, die meteen werd aangetikt door Anthony die naast hem zat.

'Nee, het is wel waar,' zei ik. 'Hij is al zo goed als dood, zeiden ze. Haast je voor het te laat is.'

Helena begon te huilen.

'Sorry,' zei ik.

'Niet erg, niet jouw schuld,' zei ze door haar tranen heen. 'Je ziet er inderdaad goed uit.'

'Dank je,' zei ik, 'jij ook.'

6

Ik was hier al eens, op deze plek, en nu ben ik terug. Nu ben ik terug en alles is anders maar onze plek bleef dezelfde. De plek is niet verloren.

7

Hans Nast en ik hadden het een en ander meegemaakt. Dat wil zeggen: hij had dingen meegemaakt en ik had dingen meegemaakt. Ik wist niet wat zijn dingen waren en hij zeker niet wat de mijne waren. Ik wist weinig over hem en van dat weinige wist ik niet eens of het echt waar was. Dat hij ooit begon als schoenverkoper en dan vele jaren later erg rijk werd, wist ik. Dat hij geheimzinnig praatte als het over zaken ging en dat zijn ogen dan schichtig heen en weer sprongen. Dat hij alleen praatte als het over zaken ging. Ik wist dat hij restaurants, minstens twee hotels en technologiebedrijven had gekocht en verkocht alsof het nog steeds goedkope schoenen waren.

Ik groeide op bij mijn moeder en hij had verder gedaan wat hij deed, en buiten het feit dat moeder ons er allebei van had overtuigd dat ik voor de helft uit hem was voortgekomen, gebeurde er verder niets. We belden niet. We schreven al zeker niet. En als we elkaar buiten de verplichte vakanties al eens zagen, dan was dat om iemand te begraven.

Wat hij achterliet was een oude motorfiets en toen ik vijftien was knapte ik die op en ik reed ermee door het dorp zonder dat moeder het wist en zonder helm of een rijbewijs. Dan voelde ik me vrij en soms wilde ik gewoon blijven rijden tot ik niets meer herkende. Op een dag viel ik met de motorfiets en ik verstopte de schaafwonden voor moeder. Wij hadden Delmira toen al verloren. Toen ik daarna de motorfiets verkocht, was dat het laatste van vader dat verdween. Gedeukt en gekrast was hij niet meer waard geweest dan de oudijzerprijs van zijn gewicht.

Er waren vrouwen geweest in het leven van Hans Nast. Vrouwen die allemaal anders waren maar gemeen hadden dat ze al halfgek waren toen Hans Nast ze leerde kennen en na zijn vertrek helemaal plat op de bank eindigden, net zoals moeder plat op de bank was geëindigd. Er waren enkele zomers met andere kinderen, dat wist ik nog. De hotels werden duurder en de gesprekken zeldzamer.

Dertien jaar geleden verbleef ik kort in Montpellier. Daar woonde Hans Nast samen met de Spaanse hoer die hij had leren kennen in een café niet ver van het anatomiemuseum. Ze waren allebei zo gebruind dat hun vel op vers gesapt hout leek. Ze droegen uitsluitend witte linnen kleding en zij gebruikte een parfum die smerig rook en waarvan ze beweerde dat hij niet toxisch was voor de huid.

Ik was naar Montpellier getrokken omdat ik tot benauwdheid van moeder had besloten voltijds te gaan schilderen. Zij was erg boos geworden. ‘Ga dan maar naar hem toe,’ zei ze, ‘dan kunnen jullie samen de gek uithangen.’ Maar ik kwam niet naar Montpellier voor vader, ik kwam voor de stad.

De hele stad hield het licht zo mooi vast in al die schakeringen van gelen en beiges. Wat was er toen nog veel licht. Het leek wel of er enkel licht was, en de stad slechts verscheen dankzij de zon en in de aarde verdween wanneer de avond viel. Tot mijn verbazing was ze er de volgende dag telkens weer, zoals een liefde waar je niet in durfde te geloven omdat ze te fel was.

Ik stond vroeg op en bleef laat wakker om de hele boog van de zon mee te maken. Dit was de tijd waarin niemand mij kende, laat staan mijn werk. Er werd ook helemaal nog niet gesproken van 'mijn werk', er werd gesproken van de jongen en zijn schilderijtjes. Ik werkte in bars om mijn materiaal te betalen en liep gaten in mijn sokken omdat de bussen te duur waren. Ik wilde alleen maar schilderen. Wilde er niet over nadenken. Ik liet een bevriende tatoeëerder de zin THE SUN IS GOD op mijn arm schrijven, naar wat Turner zei net voor hij stierf. Dat was hoe ik het toen voelde. Er was licht en duisternis en dikte van verf en olie en de textuur van het doek en alles, elke menselijke en bovenmenselijke emotie, kon je met precies die middelen een vorm geven.

'Ik ben blij dat je er bent, jongen,' had Hans Nast gezegd nadat de huishulp die hij *la fille* noemde mij had binnengelaten. 'Helaas kan ik niet met je lunchen, gezien ik net aan mijn siesta begin.' Hij schoof de deur dicht van iets wat op een Japans salonnetje leek. Meteen verscheen zijn hoofd weer in de opening. 'Ik hoop dat je het goed stelt. Tot later.' Op dat moment had ik hem bijna vier jaar niet meer gezien. Hans Nast verdween opnieuw en keerde nog een keer terug. 'Als je jezelf wilt wassen, wat me een goed idee lijkt, laat dan gebruikte handdoeken gewoon op de vloer liggen, zodat la fille ze meteen kan wassen.' Toen sprak hij in een Frans dat als Duits klonk tegen het meisje, dat keurig knikte en vervolgens appelsienen en mango's voor me ging persen in de keuken.

Sindsdien had ik hem niet meer gezien. Buiten heel even, de volgende ochtend in de hal, toen hij me een plattegrond van Montpellier gaf. Een versleten exemplaar dat zo vaak geplooid was geweest dat je bang was dat ze net in jouw handen zou desintegreren. De drie kruisjes op de kaart duidden de restaurants aan die hij bezat en waar ik op elk uur van de dag terechtkon voor een maaltijd die hij me met veel plezier aanbood. 'Eet wat je wilt, zoveel je wilt, je bent mijn gast,' zei hij. Toen excuseerde hij zich opnieuw voor zijn onafwendbare afwezigheid en vertrok. Mijn moeder had altijd gezegd: hij doet alsof hij een succesvolle zakenman is, maar het is duidelijk dat hij in de wapenhandel zit. Het was mij als tiener een raadsel, een verontrustend raadsel, hoe mijn moeder had geleerd om wapenhandelaars te herkennen. 'Heeft hij je dat dan ooit verteld?' vroeg ik haar eens. Toen liet zij haar hoofd hangen en zei: 'Denk jij nu echt dat wapenhandelaars rondbazuinen dat ze wapenhandelaars zijn?'

Wapenhandelaar of niet, toen mijn vader op mijn zesde uit ons huis vertrok, liet hij moeder halfgek achter. Haar resterende gezonde helft begaf het na Delmira, maar wie kan haar dat kwalijk nemen? Ik heb geen kinderen maar ik ken er wel een paar, kinderen die niet de mijne zijn, en heb ervaren hoe absoluut de liefde voor hun onschuld kan zijn. Ze nemen je over, kinderen. Misschien is dat waarom ik niet kan bevatten er zelf voor eentje te zorgen. Een mens heeft maar zoveel liefde en energie in een leven, je moet er niet mee gaan gooien. Ofwel word je een goede vader, en dan kan je haast niets anders meer van je leven bakken. Ofwel word je een slechte vader, en dan word je Hans Nast.

Wat Hans Nast en goede vaders gemeen hadden, was dat ze allebei sterven. En dat was nu, dat gebeurde hier in dit huis aan het Vierwoudstrekenmeer. De reden waarom ik instemde om vader in Zwitserland te bezoeken naar aanleiding van zijn nakende dood, was dan ook niet om de man een goede rust te wensen of alsnog een hol verleden op te vullen met snel bij elkaar gesprokkelde anekdotes. De reden was dat ik al duizend dagen lang elke kans om niet te hoeven stilzitten aangreep en dat nu net zo zou doen met een kort bezoek aan de zieke Hans Nast. Zolang ik in beweging bleef, leek de duisternis me niet in te halen en leek het gewicht op mijn borst weg te blijven. Zolang ik mijn baan maar bleef verleggen, kon ik haar misleiden. Dat was eenvoudig, dat was mechanische traagheid. Een wet. Bewegen maakte het leven beter. Misschien niet voor altijd, maar het leven zelf duurde ook niet voor altijd.

8

Elke dag in Luzern gooide ik met Mirko wat met een basketbal heen en weer. Hij bleek de meest normale mens in het hele gezelschap te zijn. In het begin dacht ik dat enkel hij er plezier aan beleefde. Hij zweette erg en je hoorde hem altijd ademen, alsof alles hem dubbel de moeite kostte. Maar als hij tegen me aan liep tijdens het spel of hij klom op mijn rug bij een punt, dan voelde ik zijn kracht.

Naast het gooien met de bal deed mijn neefje niets liever dan met me mee naar buiten lopen en naast me te gaan staan en tegen de muur te leunen terwijl ik een sigaret rookte. 'Gaan we roken, baas?' vroeg hij als hij zag dat ik naar mijn jasje zocht of in mijn broekzak tastte. Vaak wist hij sneller dat we gingen roken dan ikzelf. 'Waarom noem je mij "baas"?' had ik hem de eerste dag gevraagd. 'Ik noem iedereen "baas",' zei hij toen, en hij haalde zijn gebolde schouders op. Ik zei dat ik het dan wel goed vond.

'Iedereen behalve mijn liefje,' zei hij.

'Zo. Wie is liefje?' vroeg ik.

'Mama,' zei hij.

Ik knikte.
'Wat is er, baas?' vroeg hij.
'Niks,' zei ik. 'Kom, we gaan maar weer.'
'Geen tweede roken nu, baas?'
'Nee.'
'Waarom niet?'
'Daarom niet. Wil je me dood, misschien?'
'Nee, baas. Nee.'

Ik had een goed leven opgebouwd. Een eenzaam leven, dat wel, maar mijn leven was niet slecht. Ik had dingen geprobeerd en de meeste dingen waren gelukt. Als je komt van waar ik kwam, dan was dat meer dan alles waar je ooit op had gehoopt. Een leven dat je toeliet om elke avond zonder zorgen in te slapen. Voor zover je daarover kon beslissen. We beslisten voortdurend, alleen niet over belangrijke kwesties. Niemand had beslist om honger te lijden, niemand had beslist om aan de verkeerde kant van een grens geboren te worden. Delmira had nooit wat beslist.

9

Op dag één werd ik 's middags wakker en ze had de glazen schuifdeur open laten staan en daarna was het stil en ik weet dat ik dacht: Nu wordt alles anders. Alles werd ook anders. Er was het licht dat wegbleef, maar het licht was niet het enige dat veranderde. Het leven onder mijn voeten was verdwenen, alsof ik zonder het te merken opgestegen was en pas naar beneden keek toen het al te laat was. Nu hing ik daar en ik zag mensen met wie ik wilde praten en dingen die ik wilde aanraken, maar het lukte me niet meer. En toen het na een tijd wel weer lukte, was dat niet als tevoren. Ik kon mijn stem gebruiken en tasten met mijn vingers, maar het voelde alsof ik er slechts voorwaardelijk bij was. Intussen was Charlie Days al zo lang weg dat ik soms dacht dat misschien ook zij slechts een schim was geweest. Er was geen plaats meer waar haar handen nog aan kleefden of waar haar tanden in hadden gestaan want ik was helemaal nieuw. Ik wilde helemaal niets nieuw. Ik wilde wat was en ik wilde dat dat bleef.

10

In het huis van Hans Nast spraken we Engels met elkaar. Mijn jongste halfbroer Davy kende geen enkele andere taal en daarmee was het beslist. Onder ieders Engels hoorde je een herkomst. Het Engels van de Zwitsers bleef zangerig klinken. Soms kwamen ze niet uit hun woorden en dan zeiden ze iets in hun moedertaal. Soms begreep ik er iets van, meestal helemaal niets.

'Waar woon je nu?' vroeg ik aan Helena. Ik wist dat ze in Lima woonde want dat had Hans junior mij verteld. Ik wist ook dat ze er met een vrouw woonde die Lucia of Lucy heette en met wie het soms aan en soms af was. Ik wist dat het momenteel af was.

'Lima.'

'Fijn wonen?

'Best wel.'

'Ik las ooit een artikel over Lima. Is het daar niet altijd bewolkt?'

'Nee.'

'Maar wel vaak,' zei ik.

Helena lachte.

'Ja. Best vaak,' zei ze. 'Zo goed als altijd.' Ze lachte nu luider. Helena was mooi als ze haar masker liet zakken. Ik vermoedde dat ze in Lima haar masker meestal ophield.

We waren op het terras gaan staan en hadden een fles wijn van de eettafel meegenomen. Na de eerste twee avonden was hij gestopt samen met ons te dineren. Meneer Daniel bracht nu zijn maaltijden naar zijn vertrek en wij aten in de eetkamer. Mirko had vaders plaats aan het hoofd van de tafel overgenomen. Davy had beleefd gezegd dat hij het jammer vond dat pa er niet meer bij kon zijn. 'Jammer?' antwoordde Monica hem. 'Een man ligt te sterven en mag niet eens op zijn gemak wat eten?' 'Dat was niet wat ik bedoelde,' zei Davy daarop. Dat was de avond van dag 1003 gebeurd, nu was het dag 1005.

Robert en Monica hadden ruziegemaakt over de gaarheid van het vlees en dat was de reden waarom Helena en ik buiten waren gaan staan. Het was een mooie avond. Het was een avond waarop je liever buiten stond.

Ik kende hen niet. Monica en Robert. De rest kende ik ook niet maar het koppel Robert en Monica was even vreemd voor mij als het Zwitserse dialect dat ze in losse flodders naar elkaar schoten wanneer ze ruzieden.

'Hij is niet meer de Robert van vroeger,' zei Helena terwijl ze haar kristallen glas volgoot.

'Je bedoelt de Robert die elke dag lag te drinken?'

Ze gaf geen antwoord.

'Misschien moet hij het er maar weer eens flink van nemen,' zei ik.

'Nee,' zei ze, 'dat zeker niet.'

'Ach,' zei ik. 'Hij moet doen wat hij wil.'

Ze schudde haar hoofd. 'Nee,' zei ze. 'Dat kan hij niet meer. Dat is het net.'

'Wat dan?'

'Familie hebben. Verantwoordelijk zijn.'

We dronken allebei enkele slokken wijn.

'Hij is lekker,' zei Helena.

'Yep,' zei ik.

Mijn halfzus leek niet meer op de zelfverzekerde vrouw in een blozend lijf die ik me herinnerde van vijf jaar geleden. Ze knipperde haast onophoudelijk met haar ogen en keek voortdurend om zich heen. Enkel naar haar kijken was genoeg om onrustig te worden. Ze deed me denken aan een bromfiets die mijn oude buurjongen ooit had. Die draaide altijd in veel te hoge toeren en werd onbetrouwbaar.

'Dus je gaat terug naar Lima? Hierna?'

'Als papa dood is?' Ze haalde haar schouders op. De gedachte aan wat hierna zou moeten gebeuren, leek haar triest te maken. Ik had spijt van de vraag. Zelf had ik niet het minste idee wat er na de dood van Hans Nast zou volgen en ik had de vraag lafhartig doorgespeeld.

'Ik weet het niet,' zei ze. 'Waarschijnlijk wel.'

Ik wilde graag haar glas wegzetten en haar troosten. Ik kon haar zeggen: Ik weet het ook niet, lieve Helena, en wie kan het wat schelen? Vanavond is mooi dus vandaag is goed geweest. Binnen hoorde ik Monica iets in dat vreemde Zwitserse dialect schreeuwen terwijl ze de trap op liep.

'Ik begrijp er geen zak van,' zei ik, en ik hoorde mezelf luidop lachen en dacht dat het de wijn was.

11

De reden waarom ik op dag 999 in Venetië op een bankje zat toen Robert me belde om te vertellen dat Hans Nast lag te sterven, was dat de conservatrice niet was komen opdagen voor onze afspraak. Er restten nog maar drie dagen voor de vernissage van de tentoonstelling in het Palazzo Grassi en het plan was geweest dat ik met haar de laatste details zou doorlopen voordat de eigenaar vanuit Parijs zou komen kijken hoe de zaken ervoor stonden. Maar ze was nergens te bekennen, en net toen ik me op het bankje installeerde, belde mijn halfbroer. Robert had me voor het laatst gebeld op 1 januari 2000. Hij was dronken geweest en het was duidelijk dat hij me per ongeluk belde. 'Igor? Igor – broer Igor?' vroeg hij. 'Waarom bel jij me nu? Hoe stel je het? Ik heb kreeftjes gegeten, man. Echt lekker, eigenlijk. Gelukkig millennium! We moeten eens kreeft eten samen. Waar woon je nu?'

Ik had toen opgelegd. Hij was een soort van broer, maar zoals al mijn soort van broers had ik hem nooit leren kennen en had hij mij nooit leren kennen. Broers waren in mijn leven iets zoals oude kameraadjes met wie je eens in een saaie zomer een boomhut had gebouwd, net voor ze voor het werk van hun pa verhuisden naar het buitenland.

Dat ik in Venetië was terechtgekomen, werd door journalisten toegeschreven aan hard werk en talent. De waarheid was dat het zoals de meeste zaken vooral een samenloop was geweest van chaos en een heleboel voorspelbare gedragingen die samen tot een onvoorspelbaar geheel leidden dat veel mensen graag het lot noemden.

In de winter van 2007 woonde ik in Manchester en luisterde ik drie weken lang uitsluitend naar 'Forever Young' van Alphaville. Het zonlicht van Montpellier lag al lang achter me en mijn huid was weer droog en wit. Ik at afwisselend havermout met esdoornsiroop en iets uit de discount aan de overkant van de straat dat het midden hield tussen gesuikerd stokbrood en pizza. Goedkoop en zwaar spul dat lang vulde. *Let us die young or let us live forever*, hele dagen lang. Steeds dezelfde weinige uren slaap, hetzelfde voedsel, hetzelfde lied. Hoe meer ik variaties uit mijn omgeving kon elimineren, hoe beter ik me met het werk kon bezighouden.

In die drie weken schilderde ik voornamelijk details uit foto's die ik van een oud diascherm nam waarop ik *Die Ehe der Maria Braun* van Rainer Werner Fassbinder projecteerde. Ik had uiteindelijk negenentwintig werken op doek, noemde het geheel een reeks en titelde de reeks *Forever Dead*. Ik sloeg de werken op in een hoek van de studio, tussen de achtergebleven fiets van een vorige huurder en een doos met de lege verftubes en restjes van de stokbroodpizza's. Vervolgens deed ik een week niets. Een week of misschien wel drie of zes weken.

Toen kwam Kyle. Kyle was mijn huisbaas. Hij maakte met zijn telefoontje foto's van de doeken. Ik moest al de doeken een voor een onder het grote raam zetten. Kyle kwam uit een van de wijken buiten de stad en reed met een oude sportwagen van Mercedes. Kyle noemde alles crazy en knikte voortdurend, alsof hij wilde benadrukken dat hij het zaakje wel begrepen had. Vaak viel er helemaal niets te begrijpen. Ging de verwarming stuk, dan belde ik hem. 'Crazy,' zei hij dan, 'ik kom eraan.' Kyle vond de andere huurders maar stront. Naar hen stuurde hij dikke Geoff of zelfs helemaal niemand. Maar ik mocht hem bellen en als ik belde, dan kwam hij vrijwel meteen. Een keer of drie was ik laat met de huur, die ik zwart en per week betaalde, en dan zei hij: 'Dat krijg ik later wel van je, man.' Ook die houding was geen van de andere huurders gegund. Op een dag zag ik de Turkse familie die twee verdiepingen hoger woonde met verhuisdozen op de gang staan. 'Hallo,' zei ik toen, en ook de vrouw zei 'hallo' en dat was het eerste en laatste geweest dat we ooit tegen elkaar hadden gezegd. Manchester was verre van perfect maar het was tenminste niet thuis en je moest er vechten voor elke straal licht en die was dan bijzonder.

Kyle draaide plaatjes in het weekend, in clubs waar je gemakkelijk 50 pond betaalde om erin te mogen. Clubs waar bekende voetballers of acteurs kwamen om champagne te drinken en hun liefjes aan elkaar te laten zien.

Kyle zette zijn foto's van *Forever Dead* online. Hij vroeg me een doek in ruil voor een jaar gratis huur, wat ik meteen aanvaardde in het idee dat het om een grap ging. Hij leek zelfs te geloven dat hij een goede deal had gedaan, ook. Knettergek, vond ik Kyle, met dat voortdurende geknik en zijn crazy.

Een Duitse blogger in Istanbul pikte de reeks enkele dagen later op. Dit kwam Kyle me vertellen. Daarna ook iemand uit New York van wie Kyle maar niet geloofde dat ik nog nooit van hem had gehoord. En toen een modeblogster uit Parijs. Iemand uit Delhi. Johannesburg. San Juan. Vancouver. São Paulo en Berlijn. L.A. Brussel. Mexico City. Basel.

Twee bleke meisjes van een online kunstmagazine kwamen me interviewen. Ze hadden een klein cameraatje meegebracht en ook zij vonden alles crazy. Ik begreep geen snars van hun vragen. Volgens mij begrepen ze zelf geen snars van hun vragen. Dat leek hun publiek niet erg te vinden, want volgens Kyle had 'de fucking halve wereld' naar het filmpje gekeken. Ik zei hem: 'Maar ik heb geen internet.' En toen zei hij: 'Dat kun je niet menen! Zo cool! Crazy!'

Dat moest maart of april zijn geweest. In december van hetzelfde jaar publiceerde *The Guardian* een lijst van twaalf kunstenaars die volgens hen de toekomst zouden gaan bepalen. Ik stond op nummer vier, na een dertienjarig meisje uit San Francisco. Dat kwam mijn moeder me vertellen. Ze belde nooit naar Engeland om hoge kosten te vermijden, maar toen belde ze me op. Haar Belgische krant had het artikel uit *The Guardian* overgenomen en er een kleine zaak van nationale trots van gemaakt. Moeder leek de boel niet te vertrouwen, alsof een wereld waarin ik de krant haalde duidelijk gemanipuleerd werd.

Twee dagen na het telefoontje van mijn moeder belde ene Frank Sonntag vanuit Basel met de vraag of hij mijn nieuwe agent mocht worden. Ik loog dat ik er mijn oude agent voor zou moeten ontslaan. Nog eens drie dagen later bood een Duitse tegelvloerenmagnaat 75 000 dollar voor alle negenentwintig werken uit *Forever Dead*. Frank was inmiddels aangenomen op mondeling akkoord en vertelde de tegelman dat hij geen idiote biedingen moest doen als hij serieus hoopte genomen te worden in de kunstwereld. Ik was woedend. Ik had op dat moment niet eens voldoende geld om een paar nieuwe sokken te kopen, laat staan voor lopende rekeningen en voedsel dat niet in een laboratorium en tegen de laagst mogelijke prijs werd ontwikkeld. Een maand later exposeerde Frank de reeks op ArtBasel en daarna belde iemand van de Fondation Louis Vuitton uit Parijs. Mijn huisbaas Kyle werd gevraagd zijn werk uit te lenen en dat deed hij ook. Frank probeerde het werk van hem terug te kopen, maar dat lukte niet.

We verkochten nummer twaalf uit de reeks voor een half miljoen euro aan een Hongaarse verzamelaar met de afspraak dat het mocht uitgeleend worden voor grote tentoonstellingen tot in het jaar 2108. Dat stond letterlijk zo in een overeenkomst. 2108. 'Er is maar één regel voor de echte collectioneers,' zei Frank, die graag Frans gebruikte maar zo zijn Duitse klanken niet kon verhullen: 'Als je het mooi vindt, en je kunt het betalen, dan koop je het.' En dan porde hij me aan, alsof het een geheim was dat enkel wij twee vanaf nu kenden en tegen de rest van de wereld konden gebruiken.

'Je bent nu een internationale ster, man. Je kunt doen wat je wilt,' zei hij. 'Coke snuiven in Cambodja, minderjarige sheboys neuken in Parijs, een oor afsnijden, twee oren afsnijden. Je lul afsnijden. Je snijdt af wat je wilt. Je zult zien, ze gaan je doodknuffelen,' zei Frank.

De volgende dag kocht ik nieuwe sokken. Meteen vijftien paar, omdat ik van moeder had geleerd reserve in te slaan wanneer het goed ging. Frank verkocht intussen een tiental schilderijen en ik heb nu advocaten in Brussel, Basel, Parijs, Londen en Los Angeles. Op aangeven van adviseurs kocht ik vastgoed in Brooklyn voor de dollar weer terrein won ten opzichte van de euro en een flat in Basel voor de Zwitserse frank losgekoppeld werd van de eurokoers. Frank zegt dat ik het schitterend doe. Zoals hij het nooit eerder iemand zag doen.

Dus toen mijn halfbroer Robert me opbelde en vertelde dat vader ziek en stervende was, dacht ik: ik hoor dertien jaar niets over die ouwe en net nu moet hij sterven. Het was wenselijk dat vader nog door al zijn kinderen begroet werd voor het zover was, zei Robert. Dat was, tenminste, wat de rest van de familie had beslist. Ik vertelde Robert dat ik in Venetië verbleef op dat moment, om mijn tentoonstelling voor te bereiden en later de vernissage bij te wonen. 'Laat me dan weten om hoe laat ik je over vier dagen kan ophalen bij de luchthaven,' zei Robert toen. Ik legde hem uit dat ik liever niet vloog als er geen oceaan moest worden overgestoken.

'Waarom niet?' vroeg hij. 'Het milieu?'

'Nee,' zei ik, 'ik ben bang.'

'Bang? Van wat?'

'Van nergens echt te zijn wanneer het leven stopt,' zei ik, en toen zweeg hij. Ik voelde dat hij zich opwond en hoorde een boze vrouw op de achtergrond. Iemand vroeg hem iets en hij siste iets terug van 'stil niet nu'. Ik vertelde hem dat ik met een taxi naar Luzern zou komen zodra de vernissage van de tentoonstelling achter de rug was. Robert zei dat hij dat waardeerde maar dat het tegen die tijd waarschijnlijk te laat zou zijn. 'Hoe stelt Marco het?' vroeg ik.

'Mirko.'

'Sorry.'

'Hij stelt het goed.'

'Fijn. En –'

'Monica. Die stelt het ook goed.'

'Fijn. Fijn. Dat is fijn.'

'We stellen het allemaal goed, Igor. Ik en Monica stellen het goed, Mirko gaat prima. Hans junior en Tony kunnen hun plezier niet op, Davy en Céline kirren wat af en Helena loopt hele dagen te lachen. We stellen het allemaal goed, behalve papa. Die is namelijk aan het sterven op twee kamers van waar ik nu sta.'

'Ja.'

‘Dus je komt dan?’

‘Natuurlijk. Ik hou toch niet van vernissages.’

‘Je geraakt hier dan zelf, met je angst?’

‘Ja, ik geraak er zelf.’

‘Uitstekend, dan verwachten we je zo snel mogelijk.’

‘Oké.’

‘Igor?’

‘Ja?’

‘Iedereen is erg blij dat je erbij kan zijn.’

12

Hans Nast wilde maar niet sterven en iedereen begon zich te vervelen. Er was al een week voorbijgegaan sinds ik in Luzern was aangekomen, en net na het middaguur op dag 1008 stelde ik voor om couscous te maken. Iedereen buiten Monica vond dat een goed idee of alleszins geen idee dat slecht genoeg was om er een zaak van te maken. Ik deed het ook om Hans Nast te jennen. 'Couscous?' zou hij zeggen. 'Waar hebben we in godsnaam couscous aan verdiend? Een man ligt te sterven en de wereld eet maar couscous. Vooruit! Nog even en we zitten op onze hurken en eten uit een pot.' Ik was van plan om een grote, dampende schotel couscous te bereiden. Je wist nooit of vreemde keuken het proces voor de oude gek wat kon versnellen.

Omdat alles wat langer duurde dan gepland, werd het moeilijker om in beweging te blijven. Ik voelde dat de duisternis me op de hielen zat en dat het niet lang zou duren voor ze me op zou slokken. Het huis was groot maar ook een groot huis wordt al snel klein. Elke mogelijkheid om even te vluchten, greep ik aan. Maar wie vaker weggaat moet ook vaker thuiskomen. En dit verbaasde me: hoe meer dagen er voorbijgingen, hoe minder erg ik het vond om terug te keren naar het huis. Ook al stelde mijn Amerikaanse halfbroer Davy me telkens weer vragen waarvan hij het antwoord al kende – Ben je gaan wandelen? Drink je graag wijn? Dus jij hebt geen auto? – en regeerde Hans junior het huis alsof hij de officiële kwartiermeester was.

Samen met Robert en Mirko wandelde ik naar de supermarkt voor de ingrediënten van de couscous. Robert was de rustigste in het gezelschap en Mirko kalmeerde als hij wat kon bewegen. 'Hij kijkt er al een uur naar uit,' zei Robert toen we eindelijk vertrokken.

Af en toe probeerde ik Mirko te ontlopen. Hamerende hoofdpijn kon je van hem krijgen. Hij bleef maar vragen stellen. Eindeloos gelul over dingen die ik soms niet eens verstond en ik betrapte mezelf op dezelfde reacties die vermoeide ouders geven wanneer hun kinderen met de vierduizendste tekening van een huisje kwamen aanzetten. 'Zo!' zei ik dan tegen Mirko, en dan was hij toch blij en hij werd niet boos en dat was misschien het beste aan hem.

Op de parking voor de supermarkt, reed een gek Mirko bijna omver. Mirko had de draaideuren van de winkel gezien en daar bleek hij dol op te zijn dus rende hij erop af. Robert haastte zich en trok zijn zoon bij de arm waardoor die net niet werd aangereden. De bestuurder draaide zijn raam open en schold Robert en Mirko uit terwijl hij naar een verderop gelegen zebrapad wees. Robert stak verontschuldigend zijn hand op, maar mijn borstkas pompte op en neer en ik hoorde al het omgevingsgeluid plaats ruimen voor mijn hartslag terwijl ik op de bestuurder afstapte en met mijn twee vuisten tezamen op zijn raampje bonkte. 'Igor, rustig maar,' zei Robert, maar hij klonk te ver op de achtergrond om echt door te komen.

Ik had mijn vuisten klaar om een tweede keer op het raam te slaan, en toen was het Mirko die achter me stond. 'Wat, baas, wat?' vroeg hij, en ik draaide me om naar hem en toen reed de man weg en toen zei Mirko iets belachelijks, iets wat enkel mongolen zouden zeggen, en meteen vloeide de agressie weg.

'Sorry,' zei ik. Ik keek naar Robert en zei: 'Sorry, ik zag het even fout gaan.'

'Het is goed nu,' zei Robert, en hij lachte alsof er helemaal niets gebeurd was. Ik voelde me gestoord en durfde niet van de grond op te kijken. Ik was beschaamd voor wat Mirko van me moest denken.

'Mirko, heb je het lijstje nog bij je?' vroeg Robert, en Mirko stak trots het stukje papier op dat ik een halfuur eerder voor hem had volgeschreven met ingrediënten.

'Goed gedaan, makker,' zei Robert, en hij liep achter Mirko door de draaideuren de winkel binnen.

Ik liep achter Robert aan en zei: 'Ja. Goed gedaan, makker.'

Toen we bij de kassa aanschoven met wortels, ui, courgette en aubergine voor de couscous, keek ik naar Robert en Mirko. Robert leek hier kleiner en ouder dan in het huis. Het witte licht van de supermarkt vergaf weinig. Mirko torende boven hem uit, met een bolle rug die overging in een sterke hals met daarop een hoofd dat in verhouding tot de nek te klein was. Ruw zwart haar vol weerborstels, elke vorm van orde afwijzend. Hij droeg een T-shirt waarop een foto stond van een jongen van ongeveer zijn leeftijd die bij hem in het dorp had gewoond en ziek werd en toen had heel de school een benefiet georganiseerd. Er was veel geld opgehaald, zei Robert toen hij me het een dag eerder vertelde, maar de jongen was toch gestorven en sindsdien wilde Mirko enkel dat ene T-shirt aan zodat het intussen verwassen en versleten was.

Over het T-shirt droeg Mirko een klein tasje dat met een zwart koord rond zijn dikke hals spande en waarin hij muntgeld, een pasje en zijn gsm bewaarde. Hij had het blaadje met de weekaanbiedingen van de supermarkt gevonden en hield dat op 10 centimeter van zijn ogen. Hij greep elke pagina in het midden vast en sloeg haar om alsof hij haar wilde wegwerpen. Soms wees hij iets aan en dan keek hij naar Robert om zijn reactie te zien. Die reactie bestond elke keer uit een combinatie van opgetrokken wenkbrauwen en neergetrokken mondhoeken. Mirko praatte met de kassier en vertelde de man dat hij naar school ging en vooral sterk was in wiskunde.

'Goed voor jou, man,' zei de kassier. 'Dat heb je overal nodig, de dag van vandaag.'

'Kom, Mirko,' zei Robert, en hij knipoogde achter de brede rug van zijn zoon naar de kassier. Je zag dat hij dit, dit glimlachend knipogen tussen volwassenen, al een miljoen keer had gedaan. Dat was het leven van mijn halfbroer Robert Nast. Herhaling van dezelfde handelingen die allemaal op zorg neerkwamen voor de kleinste reus die ik ooit had gezien.

13

Op de begrafenis van Delmira kwamen Hans junior en Robert me een hand geven. Ze hadden een identiek pak aan maar wat me vooral opviel was hoe strak hun haar naar achteren gekamd was. Helena was er ook bij, net als hun moeder, Gertrude Schiller. Vader bracht de toen vierjarige Davy met zich mee.

Sinds Delmira stierf, zat moeder het leven uit. In zelfmoord leek ze geen zin te hebben. Ze leek ook niet depressief of diep ongelukkig. Ze leek helemaal niks, buiten afwezig voor het overgrote deel van de tijd. Ze riep niet meer, ze zweette niet, zelfs niet een beetje bij het schrobben, ze kocht nooit nieuwe kleren en deed haar haar in een meisjesachtige staart die haar er dommer deed uitzien dan ze was. We praatten nooit meer over de grote dingen. Als zij praatte, dan was het functioneel of om kritiek op me te leveren. Ik liet haar begaan. Ik dacht dat ze in al haar verdriet ook wel heel boos moest zijn op Delmira. Ik was boos op haar. Maar moeder kon het haar nooit meer zeggen, ze kon haar niet naar haar kamer sturen of naar haar roepen dat ze godverdomme voorzichtig moet zijn. Dus kreeg ik Delmira's deel van moeders verwijten.

Soms waren die hard en gemeen en dan maakte ik me zo groot mogelijk terwijl ik voelde hoe ik ter plekke kromp. Maar meestal ging het helemaal over niets. Meestal herhaalde ze dezelfde banaliteiten. Ik was er op den duur ongevoelig voor geworden.

Zo vond moeder mijn armen te lang. Daar was wat voor te zeggen. Als ik ze spanningsloos liet bengelen, dan raakten de toppen van mijn vingers de bovenste randen van mijn knieschijven. Lange armen zijn nergens goed voor, vond moeder. Met lange benen kan je sneller trappen, zei ze. Maar lange armen? Nee, daar kon ze geen enkel voordeel in ontdekken. Ze deed er nochtans goed haar best voor, elke keer dat ze over het onderwerp begon.

Het was pas vele jaren later dat ik moeder kon zien voor wie ze was. Een gebroken onderzetbordje, een slappe schaduw zonder contouren. Dat was Ann Delahaye. Iemand om in een doosje te steken en in een lade te bewaren. In een luciferdoosje vol watjes, waarin je een oud juweeltje zou bewaren, of een dode tor die je had gevonden langs het pad.

Moeder had mij niet kunnen helpen en ik had haar niet kunnen helpen. Daar was niets aan te doen. Je kon erom huilen of je schouders ophalen; we hadden beiden beide gedaan. Ik was niet boos op haar. Zonen hoorden niet boos te zijn op hun moeder. Toch niet wanneer zij ouder waren dan laten we zeggen tien jaar. Mijn moeder en ik hadden elkaar niet kunnen helpen maar bleven voor elkaar bestaan. Ik bracht haar naar plaatsen wanneer dat nodig was. Dan leende ik een auto van Frank Sonntag of ik huurde er een. Verhuizen wilde ze niet, dus ik betaalde voortaan de huur voor haar. Dat ontroerde haar. Dat zei ze niet, maar toen ik het haar vertelde, ging ze in stilte zitten knikken en dat betekende dat ze ontroerd was. Ja, zo is het goed, leek ze te denken, en ik vermoed dat ze niet gewend was dat het goed was. We hielpen elkaar omdat het zo hoorde. Dat leek me misschien wel de beste reden waarom mensen elkaar helpen. Ik betaalde haar huur en bracht haar soms naar waar ze dan ook zijn moest. Het postkantoor of een verre kennis die ergens woonde waar de bus niet kwam.

Uit de vele jaren na Delmira, de jaren toen moeder en ik samenwoonden zonder echte betekenis aan dat woord te geven, herinner ik me vooral het geluid van ons kauwen en water doorslikken aan tafel, het feit dat ze het rolluik nooit meer hoger optrok dan de lijn waar het groene behang eindigde en het okergele begon, en van de monologen over hoe nutteloos lange armen wel waren.

'Je zal heel je leven lang de mouwen van je hemden moeten opstropen,' zei ze toen we mijn eerste pak gingen kopen. Zij geloofde dat een pak me werk zou opleveren. Ik was negentien, had geen diploma en wel een strafblad. Niets wat een goed pak niet zou kunnen compenseren, dacht moeder. Ze had cash geld op zak omdat ze bang was dat het saldo op haar rekening onvoldoende zou blijken en het betaalbakje in de dure boetiek zou gaan piepen. Ooit hadden we in de supermarkt een volle winkelkar moeten achterlaten. Dat was zij niet vergeten en daarom stond ze nu met geld waarvoor ze lang gespaard had in haar tas klaar om een pak voor haar zoon te kopen. Van dat pak hoopte ze dat het betere tijden inluidde. Ik was volgens de beroepskeuzetesten die ze mij had opgedrongen dan wel een jongeman met veel mogelijkheden, maar die beloftevolle beschrijving had voorlopig niets opgeleverd.

Het feit dat de hemdsmouwen bijna 10 centimeter boven mijn polsen spanden toen ik op haar verzoek mijn gestrekte armen voor me hield, bleek een enorme teleurstelling voor haar. Alles wat we ons hadden ontzegd – broodbeleg, thee en wel zeker vier of vijf mogelijke etentjes in de taverne achter de dure wijk – had uiteindelijk geleid tot de vaststelling dat ik nooit van mijn leven een meisje zou vinden. 'Je zult altijd je mouwen moeten opstropen als je je jasje uitdoet op feestjes, anders zie je er belachelijk uit. In de zomer kun je dat maken, maar o god, in de winter. Zoek je maar een vrouw in de zomermaanden, daarbuiten maak je geen kans. Als je dan maar niet te hevig gaat zweten. Geen vrouw die een zweter wil.'

Toen ik zes was, stuurde zij mijn vader Hans Nast het huis uit. Die was intussen iets begonnen met een Amerikaanse juffrouw. Dat maakte van mijn moeder niet langer de vrouw van wie Hans zo had gehouden dat hij er Gertrude Schiller en zijn eerste drie kinderen voor achtergelaten had, maar de nummer twee in een reeks van drie. Niet de eerste, niet de nieuwste. Minder erg was geweest als ze gewoon nummer nul was gebleven. Samen met de Amerikaanse juffrouw Lisa Green maakte Hans later een zoon, Davy. Ze woonden met hun drieën in Florida. De kleine Davy zag er de enkele keren dat ik hem ontmoette altijd gebruind uit en ik wist niet of hij nu speelde dat hij altijd blij was of zo blij was dat het leek alsof hij dat speelde.

Tegenover het huurhuis waar moeder en ik woonden, had je café Chicago. Als de lokale voetbalploeg won, werd er te veel gedronken in het café. Precies hetzelfde gebeurde bij verlies. Maandagochtend waste moeder in stilte de pis van de voorgevel.

Toen ik drie was, werd mijn zusje Delmira geboren. Ik weet niet waarom moeder en Hans Nast haar Delmira noemden. Misschien naar de dichteres, Delmira Agustini, maar meer waarschijnlijk dronken ze gewoon te veel in die tijd. Het was een meisje met haar zo blond dat het in de zon niet veel verschilde met het wit van haar huid. Je zag op een zomerdag enkel haar ogen en mond, altijd open, altijd helder en eerlijk. Ze leek over geen kwaad te beschikken. Andere kinderen wilden elkaar pijn doen, of met stokken in kadavers van kleine vogels poken langs de spoorweg. Zij niet. Het interesseerde haar niet. Toen ik een keer viel met mijn fiets, zei ze dat zij me wel zou verzorgen. Ik zat naast haar en legde mijn hand op haar arm. Warm op koud, vlees op papier. Tussen twijgje en meisje.

Toen Delmira acht was, liep ze op een zachte zomeravond door het houten poortje achter de groentetuin zoals zij, en ook ik, al duizenden keren hadden gedaan. Maar die avond werd ze door een bestelwagen aangereden. Het was nog licht, de man had niet gedronken. Hij had haar niet gezien, zei hij, en zo eenvoudig en zo onbevattelijk was het. Een klap en toen was alles weg.

Daarna waren het gewoon zij en ik en een huis.

Meestal kwamen we tot twee derde van de maand. Waren we onvoorzichtig of viel een rekening hoger uit dan verwacht maar halverwege de maand. En heel soms kwam er onverwacht een grote uitgave, en dan stuikte alles in elkaar. Als mijn moeders uitkering werd gestort, dan werden er eerst kleine schulden terugbetaald. Daarna reden we naar de discount. Dan kochten we melk, water, kaas, twee soorten confituur en koekjes alsof het Kerstmis was, en op de weg naar huis gooiden we de tank helemaal vol. Soms, als er weinig schulden waren of moeder was in een goede stemming, aten we samen spaghetti in een kleine taverne achter de mooie wijk. Dan zag ik soms haar tanden of hoorde haar stem zoals ik die mij herinnerde van voor Delmira. Maar uiteindelijk reden we altijd naar huis en dan moesten we het blokje om, achter de tuin door, telkens voorbij de plek. Dat was het moment waarop de stilte weer viel, ongeacht hoe uitbundig het net daarvoor nog kon zijn. Het was alsof we een grenspost voorbij moesten, en aan de andere zijde op praten of blijdschap de vreselijkste lijfstraffen stonden.

Soms vervloekte ik Delmira. Wij waren haar verloren, maar ik had daarbij ook nog eens moeder verloren. Natuurlijk vervloekte ik Delmira niet. Maar daarom wel de rest.

In 2000 verkochten we moeders Toyota om de rekeningen te betalen.

'Zwemmers,' zei ik toen we de auto bij een opkoper hadden achtergelaten en in de bus richting huis zaten, 'zwemmers zijn gebaat bij lange armen.'

'Wat zeg je?' vroeg moeder.

'Ze stuwen zich voort op de kracht van hun bovenlijf. Ze molenwieken met hun armen voor snelheid. Dus hoe langer hun armen zijn, hoe groter de hefboom en hoe sneller ze gaan.'

Moeder zat een tijdje stil voor zich uit te staren en haalde drie keer haar neus op. Dat deed ze. Ze snoof niks echt op, het was een tic. Alsof ze haar hersens op een ouderwetse manier moest koelen terwijl ze nadacht.

'Maar je zwemt toch helemaal niet?' zei ze uiteindelijk.

14

'Dat kun je godverdomme toch niet geloven,' herhaalde Monica. 'Het is niet dat hij het druk heeft. Helemaal niets heeft die man te doen. Kun je dat nu god-ver-domme geloven?'

Ik had het niet helemaal begrepen, maar ik vermoedde dat het ging om Robert die vergeten was de tuinman te bellen waardoor die nu voor de gesloten poort van hun huis in Zürich stond. Robert glimlachte en gaf intussen Mirko te eten en nam hem daarna mee voor een wandeling.

Mirko hield ervan om de straat af te dalen, daar een viertal keer over een bankje te lopen, naar de lucht te staren om het weer te voorspellen – het zou telkens gaan regenen – en dan weer terug te keren. De hele onderneming duurde een klein uur en Mirko leek er elke keer nog meer van te genieten dan de vorige keer. Soms liep ik met hen mee. Elke keer antwoordde Mirko: 'Nee, dan moeten we helemaal terug over de berg,' wanneer Robert zei dat het tijd was om terug te keren. Ook dan zou Robert glimlachen. Mijn halfbroer zou zich niet opwinden, hij zou zijn stem niet verheffen of aanstalten maken om zich te haasten. Het bleek dat zijn vrouw Monica al het opwinden op zich nam in hun gezin. Vaak stond zij op dezelfde plaats als waar we haar hadden achtergelaten en was ze nog bezig met haar beklag. Meestal stond ze wijdbeens over de dorpel van de schuifdeur. Eén voet op de tegels van de keukenvloer, één op de tegels van het terras. Alsof ze zei: 'Hier sta ik en hier blijf ik.' Ze blies uit naar de tuin maar de keuken hing toch altijd vol blauwe rook. Als ze Mirko zag zou ze haar monoloog onderbreken en hem op luid volume en met een smakkende kus verwelkomen. Haar sigaret hield ze dan theatraal de hoogte in. Van die korte onderbreking maakte Davy of Anthony of ongeacht wie op dat moment het beklag van Monica moest aanhoren vaak gebruik om snel naar het toilet te lopen of een helaas helemaal vergeten klusje te gaan uitvoeren, ergens niet in de buurt van terras of keuken.

Na elke wandeling waste Robert de handen van Mirko met zeep en spoelde ze af met lauw water. Dan nam hij een schone handdoek en droogde elke vinger en de handpalmen zorgvuldig af. Mirko keek intussen rond naar wat hij daarna eens zou gaan doen. 'Rust maar wat uit,' zei Robert meestal. Mirko ging niet uitrusten. Tegen mij zei hij steeds: 'Je moet je handen goed wassen.' En dan gooide hij de handdoek op de grond, zodat de uitbestede poetsdienst hem zou oppikken en wassen. Dat was mogelijk het enige waaraan je bij Robert kon zien dat hij gewend was aan een bevoorrecht leven.

Vaak ging ik na de wandeling roken en als Mirko me niet vond, dan wel mijn jongste Amerikaanse halfbroer Davy.

'Je zou moeten stoppen met roken,' zei hij na de laatste wandeling.

'Dat is waar, maar ik zou ook moeten stoppen met kinderporno kijken.'

Davy trok de wenkbrauwen boven zijn onschuldige blauwe ogen op. 'Dat zal ik maar even niet gehoord hebben,' zei hij.

'Davy. Dat was een grap. Jezus.'

'O ja, natuurlijk.'

'Zieke fuck.'

'Jij maakt wel grappen over kinderporno, ben ik de zieke "F".' Hij lachte, ik deed alsof ik ook lachte.

'Jij rookt niet, zeker?' vroeg ik.

'Niet meer sinds de jaren negentig.'

'Wanneer ben jij geboren?'

'1990.'

We stonden samen een tijdje naar het meer te staren. Broers hadden niets nodig om over te praten, had ik gehoord. Zij waren stiltebestendig en konden uren in elkaars vervelende nietszeggenheid verdragen. Voor halfbroers bleek dat hoogstens half op te gaan.

'Morgen ga ik het vragen,' zei Davy uiteindelijk. 'Nou, je weet wel, als... Als er intussen niets gebeurt.' Ondanks het feit dat hij zich nooit liet zien, was vader wel erg aanwezig in het huis. Hij werd zelden bij naam genoemd, maar je voelde hem in de meeste gesprekken op de een of andere manier wel vermeld worden.

Davy had de gewoonte om met hetzelfde enthousiasme te praten over een mooie vogel in de tuin als over grote levensbeslissingen. Ik raakte er die weken van overtuigd dat dit de juiste manier was om met het leven om te springen. Als een soort lege vlakte en dan een eindeloze zee aan het einde, en niet als een gebergte. Gebergtes waren overbodig ingewikkeld. En ze ontstonden ook enkel omdat er ondergronds van alles op elkaar botste.

'Wat denk jij?' vroeg hij.

'Wat bedoel je?' vroeg ik.

'Wel, of ze wil. Of ze met me trouwen wil.'

'Céline?'

'Aan wie dacht jij?' vroeg hij lachend.

'Nee, natuurlijk... Trouwen. Trouwen!'

'Wat denk je?'

'Over trouwen?'

'Nee, over wat ze zal zeggen.'

'Natuurlijk zal ze met je trouwen.' Ik trok een laatste keer aan mijn sigaret.

'Denk je dat?'

'Dat weet ik zeker.' Om mijn zekerheid kracht bij te zetten duwde ik de sigaret stevig uit en rechtte ik mijn rug.

'Echt?'

'Ja, echt, ja.'

'Céline is het beste in mijn leven. Klinkt dat niet vreselijk?'

'Een beetje,' zei ik. Hij moest lachen.

'Ze lijkt me een leuke vrouw,' zei ik. 'Ik ben blij voor jullie.'

Davy stond even te knikken om alles wat hij net gezegd had nog eens voor zichzelf te bevestigen.

'Zullen we erop drinken?' vroeg ik. 'Ben je daar inmiddels oud genoeg voor?'

Davy lachte en ik lachte ook.

15

Alles was met elke dag weer een dag langer geleden, maar nooit voorbij. Ik voelde hoe mijn hartslag steeg en beeldde me in dat ze tegen me aan stond en dat het haar hand was en haar stem die zei: 'Alles gaat voorbij.'

16

'Niemand houdt zich nog bezig met liefde,' had Frank Sonntag gezegd die keer dat hij zijn tanden net had laten bleken en hij voortdurend glimlachte naar het meisje dat ons bediende in een café in Malibu. Ik woonde nog in het huisje boven de wolken maar Charlie Days was niet meer in L.A. Ik sliep in mijn eentje in het bed en ik wandelde er alleen door de straten en soms dacht ik dat ik haar zag maar het was nooit waar. Mijn angst om weer terug naar Europa te vliegen was groter dan de angst om haar weer minder te ruiken in de lakens. Frank Sonntag was op bezoek en hij noemde dat om een of andere reden 'werkbezoek'. Gingen we lunchen, dan sprak hij over een werklunch. 'Gaan we niet eens naar Malibu?' had hij die middag gevraagd en ik had oké gezegd.

Ik was boos geworden omdat hij dat zei, dat niemand zich nog druk maakt om liefde. Het was alsof hij zei: 'Vind eens wat nieuws, knul.' Maar de wereld gaf hem gelijk. Gemis, verlangen en hartenpijn waren iets waar je in deze eeuw echt niet meer mee kon werken, volgens Frank. 'Kijk om je heen. De wereld smeult,' zei hij. 'Dat merk je toch? Je ruikt het in de lucht. Solfer en bloed, Igorski!'

Ik moest lachen om zijn pathetiek maar besefte dat hij gelijk had.

'Er komt oorlog, jonge vriend,' zei hij terwijl hij weer eens zijn tanden flashte naar het meisje aan de bar, 'dat weet toch iedereen. Zo meteen is het oorlog.'

Ik was niet bang voor oorlog, ik was bang om nooit meer haar koele handen op mijn borst te voelen. Ik vreesde geen aanslag op de moskee verderop in de straat, ik vreesde dat ik niemand meer zou hebben om op te bellen als ik het zag gebeuren. Terreur en oorlog zijn gewoon woorden als je niemand hebt om het te delen, net als huur, bed, kachel en pijn.

'Oorlog is hot,' zei Frank ook nog voor hij aan het dessert begon. 'Mensen zijn bang – je moet in je werk dat kanaal vinden en het uitbuiten.'

Op dat moment besloot ik nooit meer te praten over liefde. Niet met Frank. Niet met iemand anders. Om mijn besluit kracht bij te zetten schoof ik de rest van mijn maaltijd opzij en dronk ik mijn glas leeg. Hoe sneller wij uit dat idiote Malibu konden vertrekken en hoe sneller Frank weer op een vliegtuig naar Europa zat, hoe beter.

'Niemand gelooft nog in liefde, Igorski,' besloot hij een laatste keer bij zijn cappuccino. 'Je maakt je belachelijk. En ik zeg dat enkel omdat ik op je gesteld ben en je al ver gekomen bent – godverdomme, man, kijk hoe je hier leeft. En ik wil dat je dit kunt behouden.' Hij boerde zonder geluid te maken. 'Dus vergeet liefde. Denk oorlog. Kijk naar Banksy.'

'Hoezo, kijk naar Banksy?' vroeg ik.

'Die politieke statements die hij maakt.'

'Mijn zatte buurman in Manchester maakte ook politieke statements na tien uur 's avonds, misschien moet je hem eens bellen.'

'Het is goed.'

'Kun je zijn agent gaan spelen. Eens kijken of je dan nog vijfduizend dollar kunt betalen om je tanden te laten glazuren.'

'Je punt is duidelijk.'

'Gaan jullie lekker op toer, samen met Banksy.'

'Stop nu maar.'

'Politieke statements makend.'

Die avond telde ik dag zeventien. Ik kon onmogelijk slapen, dus ik spande een doek van twee bij vier op en maakte een werk dat ik voor ik eraan begonnen was *WAR/HEART* noemde en waarop ik haar rug schilderde van schetsen die ik een maand eerder maakte toen ze op het terras zat en zachtjes op haar blote voeten door het huis had geschuifeld omdat ze dacht dat ik nog sliep. Het was liefde op doek, maar dat zou Frank nooit merken omdat het woord 'war' in de titel zat. Het werk werd zes maanden later voorgesteld op ArtBasel Miami en ging daarna naar het Walker Art Center in Minneapolis.

Ruim een jaar nadat Charlie Days was verdwenen, werd *WAR/HEART* geveild voor een hamerprijs van vierenhalf miljoen dollar. Het was volgens Frank sinds Kazuo Shiraga in 1961 niet voorgekomen dat een levende, jonge kunstenaar zulke prijzen haalde.

Ik had een jaar eerder nog gedroomd van dat succes, omdat ik wist dat ik dan het wolkenhuis kon kopen en er, als ik daar geen zin in had, nooit meer weg hoefde. Maar toen *WAR/HEART* af was, besefte ik dat ik er altijd alleen zou wonen en dat was de laatste dag geweest dat ik een borstel had aangeraakt.

17

'Uiteindelijk wordt alles donker, natuurlijk,' zei Anthony op dag 1012 terwijl hij aan een perzik voor de fruitsalade rook. We verbleven nu bijna twee weken in het huis van Hans Nast en we hadden dankzij Hans junior enkele taken verdeeld om meneer Daniel te ontzien. Als er groenten of fruit gesneden dienden te worden, dan was dat de taak van Anthony en mij.

Sinds ik hem in zijn yogahouding had zien zitten op dat bed, was ik ervan uitgegaan dat Anthony een tandarts was. Misschien omdat hij altijd in het wit gekleed was of omdat hij zelf tanden had die zo akelig perfect leken dat je je er niet alleen bewust door werd van de imperfecties in je eigen gebit, maar meteen ook van al je fouten en tekortkomingen. Misschien gewoon omdat ik Hans junior wel het type vond om wat met een tandarts te beginnen. Toch eerder dan met een professor in de theoretische fysica.

'De zon groeit voortdurend, en op een bepaald moment komt ze te dicht in onze buurt en dan ontploffen we.'

'O,' zei ik. 'En voor wanneer staat dat gepland?'

'Over tien miljard jaar, ongeveer.'

'Zo. En eerder wordt het niet donker?'

'In elk geval niet fataal. Rondom de aarde zit een magneetveld, dat zoals je weet twee polen heeft. Wanneer die polen omdraaien, wat ongeveer om de tienduizend jaar wel eens gebeurt, dan wordt het magneetveld even onstabiel. En dan zou je waarschijnlijk een tijdelijke black-out krijgen.'

'Praat eens een keer over iets anders, Tony,' zei Hans junior, die tegen het aanrecht aan kwam leunen terwijl hij met zijn duimen in aandelen handelde.

'Ben je gek?' zei ik, en voor het eerst sinds ik in het huis was, voor het eerst in lange tijd, klonk mijn stem zo luid dat ik haar hoorde galmen, en niet enkel in mijn hoofd.

'Verveel ik je?' vroeg Anthony.

'Man, die vraag kún je niet eens menen,' zei ik.

Anthony lachte. Ik mocht Anthony graag.

'Welnu, in zo'n black-out zouden de deeltjes in het magnetische veld even in de war kunnen raken voor de nieuwe orde zich manifesteert. Tijdens dat moment zou het magnetische veld dat ons beschermt tegen schadelijke zonnestraling tijdelijk kunnen malfunctioneren. Dan krijg je een zichtbaar gevecht tussen het magnetisme van de aarde en de alfastralen van de zon.'

'Het poollicht,' zei ik.

'Exact. Het is mooi om te zien maar het levert ons niets op, zoals wel meer in het leven.'

'Daar heb je het,' zei Hans junior. 'Mister Yoga wordt poëtisch. Ik ga even kijken of papa wat nodig heeft. Ben zo terug.'

'Maar dan zouden we het meteen merken?' vroeg ik.

'Ja, natuurlijk,' zei Anthony. 'De stroom zou uitvallen en er zou meteen chaos ontstaan.' Hij knikte richting Hans junior die nu aan de andere kant van het keukenraam met zijn telefoon in de weer was. 'De beurzen vallen stil, de economie stopt met werken, generatoren, als die het al overleven, trekken het niet lang. Vliegverkeer in de war, ziekenhuizen in nood, verkeerslichten uit, geen manier om de massa te informeren.'

'Jezus.'

'Ja. Maar de kans dat wij dat meemaken is miniem.'

Anthony pelde twee bananen en begon ze in perfect gelijke schijfjes te snijden.

'Is er dan een andere manier waarop – nou ja, ik wil niet gek klinken – de aarde donkerder kan worden?'

'Het is onwaarschijnlijk.'

'Ik dacht wel dat je dat zou zeggen.'

'Maar daarom niet onmogelijk,' zei Anthony. Ik maakte mijn mes schoon en begon groene druifjes te halveren. 'Kijk,' vervolgde hij, 'de mens ontdekte de mechanica van het zonnestelsel en vertrouwde de zaak niet. Ik spreek nu einde negentiende eeuw, ja? Wel. Als je een kleine bol aan een koordje hangt en je laat die bol rond je gebalde vuist cirkelen, dan voelt dat natuurlijk aan.' Tony hield de perzik op en tolde eromheen met zijn wijsvinger. 'Je hoort de beweging haast als je het ziet, toch? Zonder kennis van de theoretische mechanica kun je je inbeelden dat dit eeuwig blijft duren. Ja?'

Ik zei: 'Yep.'

'Maar stel nu,' zei Anthony, 'stel nu dat er een tiental balletjes zijn, grote en kleine. Ze bewegen op zich en door elkaar. Ze dolen schijnbaar maar wat rond en hun bewegingen en snelheden verschillen. Even natuurlijk denk je nu: hier komen ongelukken van. Ze botsen vroeg of laat op elkaar. Zoals op een druk kruispunt in een metropool met trams en fietsers en auto's en brommers en moeders met kinderwagens. Je weet: ooit loopt het mis. De vraag is enkel wanneer.'

'Ja, ja,' zei ik, vooral omdat ik het vervolg wilde horen.

Ik had sap van een appelsien op mijn jeans gemorst, zag ik.

Het witte hemd en de witte broek van Anthony waren nog altijd wit.

'Toch blijkt het zonnestelsel stabiel, alsof alles van elkaar weet wat te doen en hoe. Als mens kunnen wij ons dat gedrag haast niet voorstellen. Daarom werd er gezocht naar mogelijke verklaringen. Zo kwam natuurlijk de hemelmechanica van Poincaré en de vaststelling dat het zonnestelsel chaotisch is.'

'Dat betekent dat het, wat, een rommeltje is?'

'Een minuscule verandering heeft een onvoorspelbaar groot effect naar de eindige tijd,' zei Tony net voor hij zijn tanden in de perzik zette. 'De vlinder en de tropische storm,' zei hij met volle mond.

Ik knikte. Hij glimlachte.

'Dus stel nu dat de aarde uit haar gesloten baan rond de zon komt, ook al is het bij wijze van spreken maar voor een meter, maar ze dat blijft doen, dan worden de variabelen haast onoverzichtelijk. En, in dat geval, kan het dus donkerder worden door de veranderde positie ten opzichte van de zon. Het is niet waarschijnlijk. Maar het kan.'

'En dat is de enige mogelijkheid?'

'Ja. Nou, er vliegt ook gewoon voortdurend shit voorbij. Kometen met een staart van voornamelijk stof en ijs achter zich aan. Dat kan, als het een grote komeet is, de lucht vertroebelen.'

'Shit vliegt voorbij,' zei ik.

'Yep,' zei hij 'Heel de tijd.'

18

De dag waarop we moesten inpakken was gekomen. Ik had het pak dat moeder voor me had gekocht al zes maanden in de kast hangen en behalve een week bij een poetsploeg had ik nog geen werk gevonden. Moeder was door mijn meerderjarigheid haar toelage verloren en we hadden gedurende drie maanden de huur niet kunnen betalen. De sociale dienst kwam erbij. Er was een dame die erg zweette en dicht bij moeder ging zitten en voortdurend ja of nee knikte terwijl ze naar moeders verhaal luisterde. Ze zou alles doen wat ze kon, beloofde ze toen ze uiteindelijk opstond. Even later had ze een flatje voor ons gevonden. Ze belde op en zei dat ze blij was een oplossing te hebben gevonden die beter bij ons budget paste. Dat budget was geen budget. Moeder legde de hoorn neer, stond stil in de kamer maar huilde niet. Ze wist dat ik achter haar op de bank zat en ik verwachtte dat ze wat zou zeggen. Maar ze zei helemaal niets en ging naar haar kamer en begon in te pakken. Ik liep haar achterna maar ze zei: 'Niet flauw doen, het is niet alsof we hier veel fijne herinneringen achterlaten.' Dus ging ik naar mijn kamer om ook mijn spullen in te pakken.

De dag van de verhuizing kwam de buurman kijken. We hadden geen goede relatie met hem, noch hadden we een slechte relatie met hem. Mensen hadden een bewustzijn, dus ze konden erg bewust doen alsof ze elkaar toevallig nooit echt zagen staan. Zo hadden we negen jaar naast de man gewoond. Helemaal in het begin, toen vader er nog bij was, was hij eens komen klagen over lawaai na negen uur, maar sindsdien hadden we hem nooit meer gehoord. Toch zei moeder altijd 'Stil voor de buurman', wanneer ik mijn muziek hoger draaide dan een kwartslag van de volumeknop tijdens een uur dat nog maar van ver met een negen had te maken. De dag van de verhuizing kwam de man klagen over de overlast. Dat hoorde ik zelf niet, dat hoorde ik van de mevrouw van de sociale dienst die het gebeuren kwam begeleiden. Ik voelde hoe mijn borstkas op en neer pompte en hoe de kracht in mijn lichaam groeide terwijl ik stappen begon te zetten en hoe het geluid rondom mij dempte en hoe mijn gezichtsveld kleiner maar scherper werd.

Toen ik tien was, brak ik een been. Er zat een jongen bij ons op school. Ik kende die jongen niet, maar iedereen wist dat zijn oudere broer gestorven was aan een erge ziekte en dat zijn vader in de gevangenis zat. Als zijn moeder hem ophaalde aan de schoolpoort, wat niet vaak gebeurde, dan wachtte ze in de auto en kwam ze niet praten met de verzamelde moeders. De jongen sloeg andere jongens en soms sloeg hij ook meisjes. Op een dag sloeg hij ook mij maar daar zei ik niets van, niet op school en niet tegen moeder. Geslagen worden vond ik niet iets om over te spreken. Maar toen zag ik hem de bal van een kleinere jongen wegtrappen en toen die jongen daarom moest huilen, gaf hij die jongen een trap in zijn maag, en op dat moment gebeurde het voor het eerst.

Toen ik hem te pakken kreeg, de jongen van wie de vader

in de gevangenis zat, sloeg ik hem op zijn kop. Dat had ik nog nooit eerder in mijn leven gedaan. Toch schrok ik niet. De adrenaline ving de pijn in mijn hand op en hield hem daar even vast, alsof mijn lichaam zei: 'Doe nou maar, we regelen dit later wel onder elkaar.' Dus sloeg ik opnieuw. Bij de vijfde slag zakte de jongen uit mijn greep en viel hij neer. Toen hij weer op zijn benen stond, wilde hij meteen wegrennen. Dat was het moment waarop ik naar zijn been trapte. Toen hij enkele dagen later weer naar school kwam, zat zijn been in het gips en verzamelde de hele school zich rond hem om zijn krukken en het witte gips te zien en misschien wel aan te raken.

Het was de enige keer dat mijn moeder, in tranen, de telefoon nam en Hans Nast in Amerika belde. 'Praat met je zoon,' zei ze tegen hem. Ze draaide zich om naar mij en zei: 'Praat snel, dit kost veel geld.'

Het advies van vader was die avond: 'Probeer het met woorden. Als dat niet lukt,' zei hij, 'sla dan zo hard als je kunt op het middenrif of trap in hun kloten, dan gaan ze neer maar er zijn geen sporen.' En ook: 'Een man zal nooit toegeven dat hij in zijn ballen werd getrapt door een andere man.'

Bijna zes jaar ging voorbij en toen mepte ik tijdens een dorpsfeest een agent buiten dienst op zijn neus, net zo lang tot hij achteroverviel. Zijn neus was gebroken en hij beweerde zelf dat zijn oogkas gebarsten was. Eerder had hij me nageroepen en gelachen terwijl hij bier naar me spuugde. Hij kende me niet eens, of hooguit half. 'Loop naar je mamaatje,' had hij gelachen. Daarna zag ik alles door een rode film en voor ik het wist mepte een van zijn collega's me buiten westen.

Ik verscheen voor de jeugdrechter en moest drie maanden naar een tehuis voor minderjarige delinquenten. Het zat er vol gekken. Ze praatten er veel en nu en dan ontplofte er een. Dan werd er met een stoel gegooid of ze begonnen op elkaar in te slaan. Ik sloot me op in mijn kamer en begon te tekenen. Drie maanden lang tekende ik. Eerst in kantlijnen, daarna op blocnotes en halverwege de tweede maand vroeg ik een blok tekenpapier aan moeder. Die bracht ze. Toen ze het mij overhandigde, hield ze het even vast. Ik knikte en toen liet ze het los. Sindsdien had ik nooit meer de agressie laten winnen.

Maar nog eens twee jaar later, op de dag van de verhuizing, stond daar de buurman aan zijn kant van de haag en hij keerde zijn hoofd naar me toe toen hij me voelde naderen. Mijn moeder had niets gewonnen in het kloteleven dat voor haar was uitgekozen. Alle goeds was haar afgepakt. De man keek me aan en ik zag zijn eerste reactie. Een reactie van protest, het gezicht van iemand die zich opmaakt om een punt te maken. Toen zag ik hoe hij mij zag, ik zag de angst. Ik hoorde intussen iemand achter me over het grind lopen maar hield mijn blik op de man. Bij elke stap groeide mijn kracht en ik voelde nu dat ik hem met een klap ging neerslaan. Ik had het gevoeld bij de jongen net voor ik zijn been brak, ik voelde het bij de agent en ik voelde het zeker nu, meer dan ooit voelde ik het nu. 'Igor, niet doen,' zei moeder, toen ze me had ingehaald en haar hand op mijn schouder legde. Ik trok haar met me mee. 'Igor,' zei ze opnieuw, en ik trok me van haar los. Toen stond ik voor de buurman en zag hoe zijn ogen een kleine sprong maakten. Ik keek achterom en zag hoe moeder op haar knieën in het grind zat, met haar ellebogen in haar schoot en haar handen voor haar gezicht. Ze huilde zo luid dat er geen geluid meer uit haar keel kwam. De mevrouw van de sociale dienst stond op een afstand te kijken, ze had het kastje uit de woonkamer vast. 'Wat?' riep ik naar haar. 'Wat?' Moeders geluid kwam terug en ik voelde al mijn kracht in de grond wegsijpelen. Ik liep op haar toe en sloeg mijn te lange arm om haar heen. Ik troostte haar zoals zij mij had getroost toen ik klein was. Ik had haar niet zien huilen sinds de begrafenis van Delmira en ik was misschien wel vergeten dat zij dit was. Een mensje vol van spanning en verdriet, huilend om haar zoon en alles wat was mislukt en alles waarvan ze spijt had.

Toen ik mijn moeder en mezelf uiteindelijk opraapte voelde ik me een ton zwaar en moe genoeg om een heel seizoen te kunnen slapen. Ik keek nog een laatste keer over mijn schouder toen we naar de bestelwagen wandelden. De buurman was verdwenen en alles zag er verlaten en leeg uit, alsof we er nooit hadden gewoond. Dit was vreemd land voor ons en toen reden we en moeder veegde haar tranen weg en knikte. 'Bedankt,' zei ze tegen de mevrouw van de sociale dienst toen we uitstapten aan de voet van een hoog gebouw. En toen, eens alles was uitgeladen, zei ze: 'Het is niet eens zo slecht.'

19

De deur van de badkamer stond open zoals een muizenval openstaat. Ik liep binnen zonder op te kijken terwijl ik mijn telefoon, die ik na twee weken uit de lade had gehaald, aanschakelde. Er kwamen wel twintig berichten van Frank binnen. 'Jezus,' zei ik luidop tegen mijn scherm en toen pas voelde ik de aanwezigheid van Céline, die voor de spiegel stond en tandpasta uitspuugde.

'O, hallo,' zei ze.

'Hoi,' zei ik, 'ik had je niet gezien.' En ik verliet de badkamer weer.

'Je komt als geroepen,' riep ze me achterna. 'Vind je het heel erg om me even te helpen?'

'Principieel gesproken niet, nee,' zei ik. Ik liep terug.

'Kun je dit ding even voor me sluiten? Ik ben zo dik geworden dat ik zelfs niet meer rond mijn eigen lijf kan.' Céline deed alsof ze haar zwarte beha niet aan kreeg op een manier die zo overdreven was dat je het haast weer ging geloven. Ze wist dat ze allesbehalve dik was en dat ze, los van de lichte golving boven het strikje in haar slip, even niet zwanger als wel zwanger leek.

'Als je wilt, roep ik Davy even.'

'Ach, die is bezig.'

'Met?'

'Weet ik veel.' Céline liet haar schouders zakken en zuchtte.

'Goed. Welke van de drie?'

'Wat zeg je?'

'Welke van de tandjes?'

'Doe maar zo groot mogelijk. Ze gaan niet meteen krimpen.'

Ik klikte het ding vast op een zo zakelijk mogelijke manier en zei: 'Zo!' Alsof ik net een lijstje aan de muur had gehangen. Ze helde haar hoofd naar achter en leunde tegen me aan en ze rook zoals je vermoedde dat een halfnaakte Française in een badkamer zou ruiken.

'Ik denk niet dat dit een uitstekend idee is,' zei ik.

'Natuurlijk wel,' fluisterde ze. 'Er is heus geen risico.' Ze legde mijn hand op haar onderbuik.

Deze botte waarheid vond ik afstotelijk genoeg om een stap terug te zetten.

'Ik bedoelde eigenlijk dat dit een vreselijk slecht idee is,' zei ik.

Ik had vaker een kus ondergaan. Kussen op een manier dat je tegelijkertijd nog aan andere dingen kunt denken buiten hooguit de gedachte waar je zo snel mogelijk je lippen of je handen heen wilt laten glijden.

Er waren waarschijnlijk weinig zaken die me triester maakten dan een kus ondergaan. Kussen werd onderschat. Kussen moest het leven monsteren.

Met een zekere regelmaat waren er meisjes geweest voor ik Charlie Days tegenkwam. Bijna zonder uitzondering lieve meisjes die uit dorpen kwamen en al van jongs af aan wisten wat ze later wilden worden. Dierenarts. Juf. Iemand met een kat. Ze waren mooi. Ze hadden grote ogen of zacht haar en perfecte billen en ze waren blij als ik een cadeautje voor hen kocht. Hun ouders woonden in huizen met garages waarin fietsen stonden van hun broers. Hun moeders maakten vers sap en vonden het charmant als je hen mevrouw noemde. Het was goed. Het was goed maar het was ook voorspelbaar.

Sommige meisjes leken seks iets te vinden wat voor grotere mensen was, anderen leken overdag maar te doen alsof ze iets uitvoerden om er voor zonsondergang weer gauw aan te beginnen. Ze waren allemaal anders en uiteindelijk helemaal dezelfde. Ze wilden de eenvoudigste dingen en dat waren precies de eenvoudige dingen die ik hun onmogelijk kon bieden. Moeilijke dingen kon ik in overvloed bieden. Hun vormen op mijn doeken. Misschien zouden studenten kunstgeschiedenis ooit hun naam en hun geboortejaar moeten studeren voor een examen. En dat is leuk om aan je vriendinnen te vertellen maar het koopt geen eenvoudige dingen. Het koopt geen uurtje samen praten rond de keukentafel. Soms werd ik eenzaam en dan miste ik hun dorpen of hun flatjes. Ik herinnerde me hun billen in strak ondergoed en hoe ze roken naar iets meisjesachtigs uit een flesje. We spoten ons allemaal tot hetzelfde vlees met die geuren en ik wist niet meer wie nu precies hoe rook, al had ik het misschien nooit geweten.

Ik had hun in ruil niet veel geboden. Wanneer ik naast iemand als mijn Amerikaanse halfbroer Davy stond, werd ik een zielige dwerg. Elke vrouw in de wereld zou genoeg eigenliefde moeten hebben om altijd voor Davy te kiezen. Want ooit gaat het leven liggen. Dat doet het echt. Het gaat gewoon liggen, en hoe vroeger hoe beter. Je kunt maar beter maken dat je goed zit wanneer het gebeurt want anders woel je je een weg naar je einde. Een einde dat in het slechtste geval ver voor je ligt en vele jaren overspant. Jaren waarin je denkt aan hoe alles anders had gekund. We leven nu in een wereld waarin alles anders kan. Alles kan voortdurend anders, alsof iedereen de schroeven hooguit half vastdraait zodat hij nog van idee kan veranderen. Wat goed is voor even, maar uiteindelijk stort de boel zo in elkaar.

Ik wist dat de halfnaakte Française die ik na een passieve kus in de badkamer achterliet mijn halfbroer Davy eens zou bedriegen. In het beste geval zou ze daarna naar hem terugkeren en het de volgende keer voorzichtiger doen. In het slechtste geval moest Davy de rest van zijn leven bekomen van de enkele jaren met Céline. Ik hoopte dat zij hem zou sparen. Hij was tenslotte mijn halfbroer.

20

Hans junior vroeg waarom ik het deed. Mirko had zijn zesde hart net klaar. Het zesde, dat wil zeggen: het zesde in een uur. Hij was, zoals steeds, met me meegekomen toen ik op het terras ging roken. 'Je moet niet in die rook staan,' had ik gezegd. 'Dat is slecht voor je.' Hij had een pasje naar rechts gezet. Toen had hij gevraagd of ik met hem wilde tekenen.

'Kleuren maakt hem rustig,' zei Robert toen Mirko tien minuten later een hoop kleurpotloden en viltstiften op de keukentafel gooide en met zijn handen op tafel ging zitten wachten tot ik bij hem kwam. Hij wilde graag een hart tekenen. Robert riep vanuit de andere kamer: 'Hij doet altijd harten maar ze lijken niet op harten.'

Ik zei tegen Mirko: 'Wij zullen zelf wel beslissen hoe een hart eruitziet,' en hij lachte. 'Ja,' zei hij, 'zelf beslissen.'

Hij tekende een hart dat op een rookworst leek. In de benen van de U tekende hij ogen en in het onderste gedeelte een grote mond, zodat de witte ruimte tussen de U een neus kon voorstellen.

Welke kleur ik wilde, moest hij weten. Ik zei: 'Welke kleur

vind je zelf mooi?' 'Oranje,' zei hij. 'Goed, dan nemen we oranje. Welke vind je nog meer mooi?' Dat wist hij niet. 'Wat dacht je van groen,' zei ik. Hij hield ook erg van groen, zei hij.

We kleurden een uur lang samen harten in. Het was de eerste keer sinds *WAR/HEART* dat ik iets gemaakt had. Wat ik maakte was een hart met grote ogen, een brede mond in stroken blauw, oranje, groen en geel dat uiteindelijk rood werd omdat het geel opraakte.

Hans junior kwam kijken en vroeg waarom ik het deed. Het liefst had ik gehad dat hij weer wegging. Nog liever had ik gehad dat hij de vraag die hij net had gesteld, weer inzoog en verdween. 'Ik vind het fijn,' zei ik. Hans junior knikte. Hij leek op dat moment te ontdekken dat dat inderdaad een goede reden kan zijn om iets te doen.

'Wat zijn het, monsters?' vroeg Hans junior.

'Harten!' zei Mirko.

'Harten,' zei ik. 'Dat zie je toch.'

'O ja,' zei Hans junior, 'nu zie ik het. Harten met dikke neuzen.'

Samen met Mirko pakte ik de uiteindelijk negen harten op en met plakband hingen we ze aan de muur in de salon.

'Dat heb je goed gedaan,' zei ik.

Mirko knikte.

'Ook jij, baas,' zei hij.

'Dank je,' zei ik.

21

Dit is wat ik Robert vertelde toen we samen in de auto zaten. Namelijk dat er drie dingen waren die je moest doen met volle overgave omdat je er anders dood aan ging. Of, erger nog, omdat je er anders een leeg en onzinnig mens van werd. Motorrijden was het derde.

22

Het zomerhuisje stond op een klein perceel tussen grotere percelen. Het leek alsof alle andere families het meenden en wij er een grap van hadden gemaakt. Davy was net geboren en zijn moeder, Lisa Green, was een juffrouw uit Florida die voor het eerst in Europa was. Vader vond Florida een plek voor dikke mensen en gangsters, zei hij, en dan moest hij luid lachen.

Het enige waar er veel van was, was tijd. De tijd ging, verzwaard door de zon, traag. Er was de geur van het hars van de dennenbomen en die van plastic van het kinderbadje. Er was de zon op de tuinslang, die slap en lui en vol stof en spinnenwebben zeker niet lag te wachten op werk.

Twee percelen verder had je de familie Van Huys en die hadden wat dan een écht zwembad genoemd werd. Daar mochten we in en we kregen er ook vanille-ijs, met rodebessensap uit een glazen fles. Zodra het stof was weggezwommen en de longen gevuld werden met dennenlucht, leek de wereld heel anders. Zo helder, alsof het leven het helemaal met je eens was.

We sliepen in krakende tweeslapers, in elkaars gefluister en gefrunnik. Hans junior, Robert, Helena en ik. Zij tieners, ik net geen tien. Ik vroeg me af waar Delmira had geslapen als ze niet met een oorontsteking bij moeder was achtergebleven, want er was geen enkele slaapplaats over. In de andere kamer lagen vader, zijn derde vrouw en Davy, die slecht sliep en slecht at en de hele vakantie huilde.

De eerste dag vatten Hans junior en Robert het plan op een vlot te bouwen. Daarmee wilden ze de lokale stroom af varen om uiteindelijk aan land te gaan op een punt waar volgens hun stafkaart het landschap vlak werd en waar volgens Hans junior een strandje was. We wisten allemaal wat dat betekende. Zelfs ik wist wat een strandje betekende. Meisjes in bikini, een koord met bier dat in de rivier lag te koelen en iemand met een radio. Worstjes braden, flesjes drinken, roken, tongzoenen en wie weet wel meer dan dat.

Helena werd getolereerd. Ze kreeg het mes van Robert en werd aangesteld om de bol koord te verknippen tot stukken van twee meter. Ze hield het mes in haar hand, liet het koord afwikkelen terwijl ze twee stappen zette, plaatste haar voet op het koord en sneed het door. Dat bleef ze een hele tijd doen. Soms vroeg ze wanneer het vlot af zou zijn maar dan zei een van haar broers telkens: ‘Zwijg, Helena’, of gewoon helemaal niets. Dat leek zij niet erg te vinden. Gewoon koord knippen en nu en dan op haar hurken naast de werkzaamheden toekijken leek genoeg te zijn voor haar.

Het zou ook voor mij meer dan genoeg geweest zijn. Ik zou zelfs het bolletje touw voor Helena hebben vastgehouden, of het mes hebben vastgehouden gedurende de tijd dat zij het niet nodig had. Ik was geen kleuter meer en ik kon ook wat. Maar ze hadden mij niet nodig

’s Avonds aan tafel werd er over het strand of het vlot niet gesproken. Vader en de Amerikaanse juffrouw waren in de weer met Davy, die voortdurend gevoed of verschoond moest worden. De Amerikaanse juffrouw hield niet van Europa. Ze hield ook niet van het huisje, noch van het bos. Ze hield niet van bos. Maar ze was jong en wanneer ze sierlijk in het zwembad dook bij de Van Huysen, dan zaten vader en meneer Van Huys aan een rieten tafeltje in hun shorts van een drankje te sippen terwijl ze niets zeiden en naar haar keken. 'Prachtig, darling,' zei vader dan wanneer ze weer bovenkwam. En dan zou meneer Van Huys nieuwe drankjes of extra ijs halen in de keuken.

Op dag drie was het vlot bijna af. Helena werd op strooptocht gestuurd, op zoek naar lege flessen of, beter nog, jerrycans. Het vakantiewijkje was een waarschijnlijk kleine maar toen op een labyrint gelijkende warboel van zanderige boswegen en scheef hangende poorten die bungalowtjes van de rest van de wereld scheidden.

Ik vroeg Helena of ik mee mocht. Daar zei ze niets op terwijl ze haar tocht aanvatte. Ik volgde haar op een pas of twintig afstand, stopte iets verder dan zij en liet haar begaan. We vingen drie flessen en een jerrycan. Ik mocht een van de drie flessen dragen en beschermde het ding als een nucleaire lanceercode.

Bij de tewaterlating, die stap voor stap en onder strikte leiding van Hans junior gebeurde, die de zaak benaderde als de doop van een passagiersschip voor de lange omvaart, bleek dat een gezamenlijke afvaart nooit het plan was geweest. Er was een zitplaats voor Hans en een zitplaats voor Robert. Ze hadden nog twee plaatsen, maar daarop hadden ze een houten fruitkoffer vastgemaakt vol gestolen biertjes van vader, als ook een bundel textiel waarvan ik veronderstelde dat het handdoeken waren.

Enkel omdat de stroming minder sterk bleek dan de dagen voordien geanticipeerd was, werd Helena toegelaten om het vlot naar het midden van de stroming te peddelen, en in ruil voor haar werk plaats te nemen op de handdoeken. Ze zat met haar rug naar haar broers en keek me aan terwijl ze met zijn drieën het vlot door het water stuurden.

Ik bleef achter aan de oever en hoorde ze in gedachten kirren op het beoogde strand. Nadat het vlot al even uit het zicht was verdwenen, trok ik weer naar het huisje. Zodra ik naderde, hoorde ik Davy krijsen. Ik keerde om en wachtte af. Ik wachtte tot het donker werd en toen het donker was, wachtte ik tot ze terugkeerden. Ik had geen zin in de huilende Davy. En meer nog dan dat had ik geen zin om toe te geven dat ik niet mee mocht. Welk kind mocht nu niet mee met zijn eigen broers. Niet ik.

Die avond stond vader op het terras van het huisje toen Hans junior, Robert, Helena en ik met natte koppen maar zonder vlot door het poortje kwamen gewandeld. 'Ze zijn hier,' riep mijn vader naar meneer Van Huys, die verderop met een zaklamp stond te schijnen.

We kregen een klap op onze kop en de volgende ochtend zat de vakantie erop. Heel de namiddag en avond had ik in het riet gelegen en ik had een duik genomen om niet op te vallen met mijn droge haar.

'Hoe was het strand?' vroeg ik de volgende ochtend, toen we even met zijn vieren alleen op de achterbank zaten en vader samen met de Amerikaanse juffrouw de bagage op het dak spande. Niemand gaf me antwoord, hun drie koppen waren verbrand van de zon en ontstoken van de muggen. Ze hadden de tijd van hun leven gehad, zoveel wist ik wel.

Enkele dagen later vertrokken vader, de Amerikaanse juffrouw en Davy terug naar de Verenigde Staten.

23

'Heerlijk, toch?' lachte Helena, vijfentwintig zomers na die van het vlot en het zwembad van Van Huys. Ze had een badpak aan en haar haren waren nat en in dikke lijnen achterovergekamd door haar vingers. Ze zag er anders uit. Kinderen werden ouder en konden zelf kinderen maken of ze konden verrimpelen en hun botten konden afbreken en hun geslachtsdelen konden slapper en vermoeider worden, maar kinderen in een meer bleven kinderen in een meer. Op de oever zat vader in een rolstoel in een witte bermuda en witte sokken die hij tot net onder zijn knieën had opgetrokken. Een witte polo droeg hij en een blauwe pet. Naast hem stond meneer Daniel en die schonk uit een grote karaf water met citroen voor hem uit.

Er was besloten te gaan zwemmen in het meer. Aan die mogelijkheid leek tot dan toe niemand met de naam Nast gedacht te hebben. Het was warm en de tuin liep uit in een helder meer, maar het was Céline die eindelijk voorstelde om het water in te gaan.

In al die dagen was vader twee keer uit zijn vertrekken gekomen. Eén keer om Hans junior bij zich te roepen, één keer omdat hij zijn pen niet kon vinden. We lachten erom, maar verwachtten elk moment dat meneer Daniel zijn laatste melding zou komen maken.

Aan het einde van de tuin liep de grond af en ging hij over in keitjes en vervolgens in zand en keitjes en daarna in water dat je enkel gewaarwerd omdat je voeten nat werden, zo helder.

'Kom, spring erin,' riep Céline. Ze liep op haar tenen door het frisse water dat tussen haar dijen klotste en nu en dan de onderkant van haar buik baadde. Dan sprong ze op, net als het wezentje in haar even zou opschrikken. Water in water, mens in mens, we konden proberen er schilderijen over te maken of boeken over te schrijven, maar uiteindelijk was het nooit meer dan een domme verbazing over dingen die al honderden miljoenen jaren onveranderd waren en bleven.

Het gebeurde toen ik boven water kwam en die bal mij in het gezicht raakte. Een halve minuut eerder was ik onder water gedoken. Er kon veel gezegd worden over een duik. Elke duik was een vlucht, maar je had maar twee opties. De tweede optie was dat je niet meer terug naar boven kwam. De eerste optie omvatte alle andere mogelijkheden. Ik kwam naar boven, vulde mijn longen en kreeg de bal van Mirko hard in mijn gezicht. Mirko bescheurde het. Ik voelde de gloed en het geprikkel op mijn wang. In de eerste seconden wilde mijn lichaam terugslaan. Ik voelde al mijn vaten vollopen, mijn kracht groeien. In de tweede seconde zag ik Mirko lachen. Céline hield haar handen in bidpositie tegen haar lippen en giechelde iets in het Frans. Monica vloekte op Mirko en Robert kalmeerde Monica en stak zijn hand naar me op. Ik stak ook mijn hand op en klopte het water uit mijn oren. Op het terras zat vader niet langer, maar stond gewoon een stoel.

2/NOVA GORICA

1

Het was dag 1015. Er waren twee weken in het huis voorbijgegaan en Hans Nast was verre van dood. Het grootste deel van de tijd zat hij in zijn kamers en soms kwam je hem eens per ongeluk tegen. Dan zei hij: ‘O, hallo.’ Alsof hij even vergeten was dat wij er ook allemaal rondliepen, laat staan waarom. Hij praatte met Hans junior en alleen als dat echt nodig was. Maar als we Hans junior vroegen hoe het met vader was, kregen we te horen dat de tijd dat wel zou uitmaken. Wel, uiteindelijk zou hij doodgaan. Als je het aan de tijd overliet, dan eindigde het altijd zonder verrassing bij de dood. Dus we wisten niet hoe Hans Nast het stelde. We wisten niet of hij at of dronk of goed sliep. We wisten niet of de rest van zijn leven, de rest van alles wat voor hem van betekenis was, nog uren of dagen of maanden zou duren. Eigenlijk wisten we niks. We wisten niks en we vulden de dagen. Intussen wachtten we allemaal ergens op. Op rust, op geld of misschien de terugkeer naar huis. Ik wachtte op een teken om eindelijk weer te mogen bewegen. Want het verminderende daglicht begon me in te halen. Ik lag uren wakker in bed en een keer sprong ik midden in de nacht uit paniek op het krukje om mijn hoofd uit het kleine raam te kunnen steken en adem te halen in de zwarte nacht.

Omdat ik niet of licht sliep, bemerkte ik die ochtend meteen het krakende hout van de planken van de overloop. Mensen die stil probeerden te bewegen konden zo oorverdovend aanwezig zijn. Alsof hun spanning harder door de lucht golfde dan eender welk denkbaar geluid. In een kamerjas en met iets wat op een slaapmuts of een haarnetje leek stond vader plots in mijn kamer. Hij stond met een kleine afwijking naar rechts op zijn as maar zag er voor de rest uit zoals ik hem kende. Hoogstens een beetje magerder.

'Het is de eerste keer dat ik in deze kamer kom,' fluisterde hij. 'Ik dacht altijd dat hier ratten zaten.'

'Wat kom je doen?' vroeg ik.

Vader suste. 'Mag ik je vragen te fluisteren?'

'Ja,' fluisterde ik luid.

'Ga me nou niet uitlachen, het gaat om serieuze zaken.'

Ik ging rechtop zitten en meteen nam vader plaats op de bedrand.

'Het is van groot belang dat dit gesprek tussen ons blijft. Geef me hiervoor je woord, graag.'

'Mijn woord?'

'Dat klopt.'

'Ja, goed, Hans Nast, je hebt mijn woord.'

Hij haalde opgelucht adem. 'Ten eerste moet ik je een geheim vertellen,' zei hij.

Ik wachtte af.

Hans Nast haalde diep adem en zei: 'Meneer Daniel is eigenlijk geen verpleger.'

'Oké.'

'Je neemt het goed op.'

'Ik denk dat ik er wel overheen kom, ja.'

'Ik had hem ingehuurd om een speciale opdracht voor me te vervullen. Het is namelijk mijn wens om mijn kinderen iets na te laten. Iets waar ze echt wat aan hebben.'

'En dat is?'

'Ja. Goud, natuurlijk.'

'Natuurlijk.'

'In Venetië heb ik een bankkluis met drie baren goud erin. Genoeg voor iedereen. Het probleem is alleen dat ik het zelf moet halen. Italiaanse klootzakken met hun koffietjes en hun bureaucratische regeltjes. Maar goed, het zij zo. Ik had het eerder moeten regelen, maar goed. Daarom huurde ik Daniel in. Een goede man. Een man die weet wanneer hij zijn mond moet houden. Een Zwitser. Hij leek mij een geschikte kandidaat om met mij deze missie te volbrengen.'

'Hoe selecteerde je hem?'

'Hij rijdt veilig maar snel en kent de weg.'

'Hij rijdt snel en kent de weg? Is hij taxichauffeur?'

'Nee.'

'Nee. Goed.'

'Nu is er helaas een onvoorzien probleem opgetreden. Meneer Daniel besliste eerder vanavond zijn contract niet na te komen en voor voltooiing van zijn opdracht Huize Nast te verlaten.'

'Hij nam zijn ontslag?'

'Dat zeg ik toch. Hij besliste Huize Nast vroegtijdig te verlaten.'

Vader zuchtte. Ik keek hem aan en toen hij dat merkte rechtte hij zijn kromme rug.

'Maar goed,' zei hij. 'We gaan door zonder hem. De ontrouwe hond. Wilde altijd maar geld, geld, geld.'

'En... dus?'

'Zoon, ik wil dat jij me morgenochtend om halfvier het huis

uit krijgt en me naar Venetië brengt. De autosleutels liggen waar meneer Daniel ze heeft neergelegd, ik weet niet waar dat is. Jouw eerste opdracht is die sleutels te lokaliseren. We hebben ook een pakket met levensmiddelen en voldoende water nodig. Kun je deze opdracht aannemen?'

'Waarom ik?' vroeg ik. Je kon mensen de domste voorstellen doen en ze zouden zich nog altijd uitverkoren voelen.

'Ik heb zo mijn redenen,' zei hij.

'Dan wil ik graag die redenen kennen,' fluisterde ik luid genoeg om vader angstig een blik op de gang te doen werpen.

'Goed, goed,' zei hij. 'Omdat ik je vertrouw.'

'Bullshit.'

'Omdat je jong bent en voor zover ik begrijp niemand hebt om dit geheim aan te vertellen.'

Ik keek even door het kleine raam naar buiten. Er was buiten enkel duisternis. Het zou kunnen dat ik een beweging maakte met mijn hoofd die door iemand die dat erin wilde zien leek op een bevestigende knik.

'Heel goed,' zei vader, 'dat is heel goed. We vertrekken morgenochtend stipt om halfvier, kom me maar halen in mijn kwartier. En vergeet de sleutels niet.'

2

'Mis je iets?'
'Nee.'
'Ben je daar zeker van?'
'Nee.'
'Weet je wat ik mis?'

3

Om precies halfvier vond ik vader in zijn badkamer. Hij droeg een warm trainingspak en had langs weerszijden een identieke, geruite koffer naast zich staan. ‘Heb je de sleutels?’ fluisterde hij, linkerwenkbrauw opgetrokken en hoofd gebogen, klaar om de verwachte teleurstelling te incasseren. Ik knikte. Dat leek hem zowel op te luchten als te verbazen. ‘Goed. Tot hier loopt alles goed.’

Vervolgens liep hij met gebogen knieën door zijn eigen huis naar de voordeur, waar hij het alarm uitschakelde met een code die hij op een papiertje had geschreven. Plots schrok hij op.

‘Heb je je rijbewijs bij je? Je paspoort?’

‘Natuurlijk,’ loog ik. Ik had geen cash geld of documenten meer op zak gehad sinds we het vierde schilderij verkochten en Frank Sonntag alles voor me was gaan regelen.

‘Goed,’ fluisterde hij, en hij keerde zich om maar zei niets en toen opnieuw. ‘Vind je het erg om ze me te laten zien, gewoon om er zeker van te zijn?’

Ik keek zo teleurgesteld mogelijk. ‘Ik dacht dat je me vertrouwde,’ zei ik.

‘Nee, goed, het komt wel goed,’ zei vader. ‘Heb je de sleutels bij je?’

‘Ja, dat vroeg je al. Ga nu maar naar buiten.’

We reden met gedoofde lichten en zo traag mogelijk de lange en steile oprit van het huis af, om vanaf het grasduin het gas steeds meer in te trappen. Pas bij de poort stak ik de lichten aan.

‘Nee!’ zei vader. ‘We kunnen de poort niet uit!’

Ik keek achter de zonneklep maar vond niets. Toen graaide ik met mijn linkerhand in het bergingsvak van mijn portier en voelde een kleine afstandsbediening. ‘Zo, Hans,’ zei ik. ‘Dat hebben we mooi allemaal voor niets gedaan.’ Ik zuchtte luid en klopte met een vuist tegen het stuur.

Vader sloeg van schaamte de handen voor zijn gezicht en vloekte. ‘Details, Hans Nast, details, *verdammt*, ik heb het nog zo gedacht.’

‘Het is goed,’ zei ik. Ik drukte het knopje in en de ijzeren poort schoof open.

‘Waarom is die Daniel ook zo ongepast vertrokken?’ vroeg hij zich luidop af.

‘Vader. Het is goed.’

‘Hij zag er nog zo fideel uit. Met dat beleefde gedoe van hem en die verwijfde zachte handen.’

Traag reed ik de metalen naad van de poort over.

‘Voor je het weet is alles weg, Igor. Voor je het weet is het donker en wordt het nooit meer licht.’

Vader keek op. Ik drukte het gas hard in.

‘Had je heel de tijd al aan de poort gedacht?’

‘Natuurlijk,’ loog ik opnieuw.

Vader ging rechtop zitten en nu pas zag ik dat hij in de kraag van het vreemde trainingspak een witte handdoek had gerold die hij nu als een tennisser in zijn nek legde. Ik keek naar de weg en dan naar hem. Eén tel naar de weg, twee tellen naar hem. Dan drie en dan vier. Ik kende deze man al heel mijn leven maar ik had van zijn gezicht niet de indrukken opgebouwd die een mens ervan weerhouden om iemand telkens opnieuw te bekijken. Er zat een beeld in je hoofd en zolang iemand geen 10 kilogram verloor op korte tijd of plots een bril had, merkte je de veranderingen niet. Maar zo was het niet bij Hans Nast. Ik kon hem bekijken en zag voor het eerst dat hij links onder zijn mond een grote moedervlek had. Dat hij een slechte huid had want hij was onregelmatig geschoren en hier en daar had hij een wondje. Hij beet op zijn tanden en leek voortdurend naar voren en achteren te schommelen, alsof hij weg wilde schieten maar iets hem weerhield. Een oude stier in een kooi.

'Let eens op de weg,' zei hij, en hij liet zijn hoofd op de gestrekte duim en wijsvinger van zijn linkerhand steunen. Zijn ogen waren gesloten. 'Hopelijk was dit geen vergissing.'

'Ik pas wel op.'

'Pas nou maar op.'

'Dat zeg ik toch net.'

'Goed, dan.'

'Ja. Goed, dan.'

4

Ik belde en zei: 'Kom naar hier, ze hebben lekker ijs.'

'Ik ben bang voor het vliegen,' zei Charlie Days.

'Bang?' vroeg ik 'Om neer te storten?'

'Van nergens echt te zijn wanneer het leven stopt,' zei ze.

Ik beloofde haar dat alles goed zou gaan. Ze dacht twee dagen lang na. Dag drie likte ze haar duim af en zei: 'Je had gelijk over het ijs.'

'Ik weet het,' zei ik. 'Ik zou niet liegen over ijs.'

Meestal praatten we gewoon over niets en dat was dan meer dan genoeg. Het universum had niet bepaald: Hier zijn dan de mensen, zij moeten over belangrijke zaken gaan praten. Het universum dacht: Jullie zijn zo weer dood, kleine gekken, ga nu maar doen wat goed voelt. Ga nu maar ijs eten met elkaar en over nonsens praten terwijl jullie stiekem naar elkaar kijken.

Het gehuurde huis in L.A. was klein maar keek uit over de vallei en 's ochtends vulden de wolken het zicht tot net onder het terras. Door een gat in de planken van het terras groeide een magnoliaboom en soms leek het alsof we wakker werden in een boomhut dicht bij de zon. Alsof we helemaal alleen woonden waar we woonden. Maar dat was niet zo. De straat van het huis liep steil af en ging over in een andere, bredere weg, en daar was het druk en warm en soms liepen er daklozen met winkelkarren langs de vluchtstrook die naar je staarden. Maar dat zag je allemaal niet in het wolkenhuisje. Het huisje keerde zijn rug naar de straat en was omgeven door het ruwe groen dat L.A. aankon. Je keek door grote glazen schuifdeuren over de stad heen en je kon zelfs de oceaan zien. Het beste nog 's ochtends als de lucht koel en relatief helder was. Tegen tienen warmde het op en dan trokken de wolken onder het terras weer weg. Soms wekte ik Charlie Days voor het te laat zou zijn om de wolken te zien. Dat vond ze enkel de eerste keer leuk. Daarna zei ze: zeg niet dat je me weer wakker maakte voor die wolken, en dan kroop ze in de kussens weg. Ik stond toen nog om vijf uur op om het licht te zien en had meestal mijn beste schilderwerk gedaan voor zij opstond en honger had. Dan gingen we wat eten. We gingen altijd wat eten. Altijd zei een van ons: 'Zullen we wat gaan eten?' En de ander vond het altijd goed. Samen zijn leek soms leuker als er anderen bij waren op wie dan helemaal niet gelet hoefde te worden. Dat we helemaal niemand nodig hadden, viel harder op in een druk restaurant waar ook de filmsterren en de grote producenten kwamen. Als we een filmster zagen, moesten we erg lachen en dan gingen we naar huis en onderweg kochten we wijn en dan kuste ik haar nek terwijl ze ons over het afkoelende asfalt van de stad omhoog reed.

Soms sliep ik in de namiddag in de hangmat op het terras en dan zei ze: 'Je bent al oud, wat heb ik aan je? Ik heb helemaal niets aan je, oude schilder.' En dan zei ik dat ze gelijk had. Zij moest daarom lachen maar ik niet, omdat ik wist dat het waar was. Soms zei ze dat ze thuis miste. En dan vroeg ik of ze het meende en dan lachte ze van nee, maar dat was niet waar. Zelfs ik had heimwee, terwijl ik geen thuis had om te missen.

Ze was er een maand toen ik mijn telefoon in een vuilbak gooide op de parking van een Whole Foods. 'Je kunt niet verdwijnen,' zei ze en ze had gelijk. Maar het leven had Delmira weggenomen. Dan moeder. Mijn vader was enkel een idee van iemand die ergens tijd uitzat met mensen die ik niet kende. Er was niets meer te vinden in het verleden. Ik had enkel toekomst.

Ik overtuigde haar om te blijven voor die toekomst. Ze zei: 'We zien wel.' Ze keek me aan en ik hoopte dat er niets meer gezien moest worden. Er was licht dat nooit op zou geraken en ik was nooit meer angstig en mijn agressie zat ver weg, alsof het iets was uit een vergeten tijd, en als ze me zoende, dan hoorde ik haar ademen en wist dat dit mijn ritme was.

Toen ik die ochtend wakker werd, zat ze op het bankje op het terras net boven de wolken. Ik tekende de contouren van wat ik zag en nu, duizend en zeventien dagen later, hingen die lijnen in de vorm van een schilderij in het Palazzo Grassi en stonden er mensen voor om ernaar te kijken en er misschien wel meer van te begrijpen dan ik oorspronkelijk had gedaan. We waren het huis uit gelopen en in de namiddag was ik op de bank in slaap gevallen. En toen ik wakker werd was ze weg en dat was dag één.

5

Vader sliep al minstens een halfuur toen ik bij zonsopgang de grens met Italië bereikte. Ik knikte naar de agenten van de douane zoals ik vermoedde dat normale, niets te verbergen hebbende mannen zouden knikken naar andere mannen, om halfzes 's ochtends aan een grenspost. De auto filterde niet enkel de cadans van de naden in het wegdek weg, maar ook het geluid en de geuren van de buitenwereld. In deze auto was geen plaats voor details of stank, geen geduld voor traagheid. Hans Nast snurkte en het wit stond hem in de mondhoeken. Twee keer had hij in zijn slaap een scheet gelaten en zijn stank stelde me gerust. Niemand ontsnapte aan de meest fysieke en chemische waarheden. De vertraging van de celwisseling en de malende opbouw van gas in de maag, afbraak van calcium in de botten, het vullen van de blaas en het afsterven van de hersenen.

We waren Milaan voorbij toen vader wakker werd en eerst drie minuten door de spleetjes van zijn ogen keek om erachter te komen waar hij precies was. Je kon als oude man doen alsof je geen oude man was, maar niet in de eerste minuten na de slaap, waarin een mens niet meer was dan een verdoofd reptiel. Toen hij me zag en nog eens door het raam keek, leek hij te schrikken. Hij haalde de handdoek uit zijn nek. Het reliëf van het katoen liet een afdruk na in zijn nek. Hij depte er zijn onbezwete gezicht mee af en duwde zijn gebit erin uit. Ik wilde er iets van zeggen maar deed het niet.

'Hoe loopt dat, je schilderen?' zei hij en hij klonk als iemand zonder tanden. De scherpe medeklinkers verdwenen en zijn woorden kleefden aan elkaar.

'Goed.'

'Kun je ervan leven?'

'Ja.'

'Dat is goed.'

'Dat is waar.'

'Vergeten door iedereen. Doodongelukkig.'

Ik knikte en zei: 'Ja.' Hij stak de dichtgevouwen handdoek met het gebit in het bergingsvak in zijn portier. Het paste niet goed dus duwde hij, wat ook niet lukte. 'Veel schilders –,' begon hij.

We reden 7 kilometer in stilte over de Italiaanse autosnelweg richting Venetië.

'Misschien moet ik wat anders gaan doen,' zei ik uiteindelijk.

'Wat dan?'

'Weet ik niet. Gewoon iets anders.'

'Hier, stop hier.'

'Moet je pissen?'

'Sinds Milaan.'

We aten een chocoladereep aan een picknicktafel naast een gemetselde vuilnisbak op een parking. Een lijn van stukgelopen gras toonde de kortste weg naar het toilet in het wegrestaurant.

Robert, Hans junior, Helena en drie nummers die ik niet kende hadden gebeld. Ik drukte de telefoon uit en stak hem weg.

'Je moet nooit naar een Italiaans toilet gaan,' zei vader. Ik at mijn chocoladereep verder op.

'Als je moet, rij dan terug naar Zwitserland en ga daar.' Hij propte het laatste stukje chocolade naar binnen. 'De Italianen kunnen wijn maken en zeuren over eten. Maar het zijn smerige honden. Je kunt beschaving vandaag afmeten aan twee zaken. De openbare toiletten en de relatie van een volk ten opzichte van homoseksuelen. Ben jij homoseksueel?'

'Nee.'

'Jammer. Het maakt je leven een stuk gemakkelijker. Kijk maar naar Junior.'

We reden verder en vader stak zijn tanden weer in nadat hij ze snel gewassen had met mineraalwater en een zakdoekje. Ongemakkelijk schoof hij in het leer van zijn stoel, haalde een soort etui uit zijn jasje. Toen gaf hij mij een briefje met een adres. 'Wat is dit?' vroeg ik. Vader zei niets. Ik keek nog eens naar het briefje. Ik zag een plaatsnaam staan die ik niet kende: Nova Gorica.

Ik voelde de agressie jeuken en vertelde haar weer te gaan liggen. Het kon me niet schelen waar we heen reden. Al reden we naar een buitenwijk van Moskou. Het enige wat je van een vader verwachtte, was dat hij je niet als een kind behandelde.

'In Venetië is toch niks te zien,' zei hij toen hij zag dat ik het briefje wegfrommelde. 'Wind en stinkend water. Vreselijke stad.'

'Ik heb er momenteel een expositie lopen.'

'Zo? Blijf in dat geval maar weg van je eigen expositie. Let op de weg, als je wilt. Meneer expositie. Straks ben je dood. Je manager zal blij zijn dat je hem niet voor de voeten loopt. Heb je een manager?'

'Hij noemt zich agent.'
'Aansteller. Hoe heet hij?'
'Frank.'
'Frank. En verder?'
'Sonntag.'
'Frank Sonntag. Homoseksueel?'
'Ik denk het niet.'
'Je hebt een agent en weet niet of hij homo is?'
'Klopt.'
'Verdient hij veel aan je?'
'Ik denk het wel.'
Vader knikte.
'Klootzakken.'
Ik knikte.
'Als je wilt, praat ik weleens met die Frank.'
'Dat is niet nodig.'
'Vertel ik je meteen of het een homo is of niet.'

6

We hielden van de koelte van het bos in de zomer en terwijl we er samen heen reden, praatten we niet veel. We luisterden radio en soms herhaalde Charlie Days een regel uit een lied dat ze mooi vond en dan zei ik: 'Ja, dat vind ik ook mooi.' Of ik zei niets en dan luisterden we verder. Ooit hadden we ruzie en toen ik in het bos naast haar plaatsnam op een bankje om het uit te praten, voelde ik hoe de spanning, al de spanning, uit mijn lijf trok.

Onderweg naar het bos kochten we in een kleine supermarkt drankjes en dat soort dingen en dan wachtte ik ongeduldig tot Charlie Days het portier weer openzwaaide en de buit op de achterbank neergooide want ik hield van dat moment. Het was eenvoud en je zou kunnen zeggen dat het banaal was, maar het ging niet zozeer over wat er gebeurde. Het had te maken met genade.

Alles wat goed was voor ons, liefde of hoe je het ook wilde noemen, leek te kruipen in de lasnaden tussen de grote momenten, tussen de momenten waar je foto's van maakte. Daarom vond ik het onmogelijk om in een god te geloven. Want god kende misschien wel genade, hij gebruikte die haast nooit. Er zat meer liefde in de minuten waarin ik op haar wachtte in een auto dan in alle godshuizen tezamen. Zelfs Shakespeare viel niet in de val om zijn geliefde met een godin te vergelijken. Hij vergeleek haar met een zomerdag. Het licht en de warmte na maanden van Engelse grijzen en blauwen en het koude nat in de kleren en tussen de lakens. Die Shakespeare had geweten wat het was. Hij had op een bankje gezeten en gevoeld hoe de spanning uit zijn lijf wegstroomde en hoe de zon zijn voorhoofd opwarmde en hoe zij er hem zonder woorden van verzekerde dat alles goed zou komen. Dat alles intussen allang goed was.

7

Ik verdroeg bergen zolang ze aan een verre horizon lagen. Zodra ze me omgaven, werd ik er onrustig van. Ik ging dan sneller ademen en zocht vergeefs naar uitwegen. Overal waren tunnels of steile passen nodig. Niets was gemakkelijk in de bergen, niets vanzelfsprekend. Je kon uitglijden op een helling en je bezeren. Of onder een lawine terechtkomen en na twee dagen door onderkoeling en honger aan je einde komen. Je zat er dichter bij de zon maar het werd enkel donkerder. Dingen verdwenen in de bergen. Mensen verdwenen in de bergen. 'Hij is in de bergen gebleven,' werd dan gezegd.

Een slapende Hans Nast en ik waren een land binnengereden dat ik niet kende en we bevonden ons nu in een dorp dat volledig omgeven was door bergen. Dorpen werden verondersteld rust te bieden, maar enkel wat je kende, kon rust bieden. Een ingesloten dorp in Slovenië was niet iets wat ik kende. Ik reed traag door het dorp en parkeerde de auto. Hier waren geen geruststellende geluiden van metrostellen, sirenes of zwaar vrachtverkeer dat de stedelingen moest bevoorraden omdat ze anders zouden omkomen in hun beton en hun glas. Dit was niet waar ik wilde zijn. Maar ik wist dat bewegen zonder erbij na te denken dit als gevolg had. Dat je uitkwam waar je niet wilde zijn.

Vader had een vakantiehuisje gehuurd dat in niets leek op wat je zou verwachten bij Hans Nast. Het lag vlak aan de straatkant en was klein en ik moest de auto in het hoge gras van de berm aan de overkant parkeren om iemand met een oude tractor door te laten. Op de tractor zat een hond die blafte, en in het vakantiehuisje zaten alle ramen achter houten rode luikjes. Je zag zo dat het middaglicht onmogelijk door de kleine ruiten zou kunnen stralen.

Ik voelde hoe mijn hartslag versnelde en mijn mond uitdroogde. Ik wekte vader naast me en die keek eerst wel drie minuten door zijn raampje. Hij leek te controleren of ik niet stiekem het vakantiehuisje had laten nabouwen en hier en daar iets had veranderd om hem te pesten.

'Is dit de plek?' vroeg ik.

Hij knikte. 'Ik denk van wel.'

'O, je denkt van wel.'

'Hoe heb je het gevonden?' Hij keek me aan alsof er een geheime poort was en ik die door manipulatie van tijd en plaats in een vierde dimensie had gevonden.

'Met de gps.'

'De gps.'

'Ja.'

'Welke gps?'

'Die in je auto.'

Hij keek naar de knoppen en de lampjes op het dashboard zoals mensen ooit naar de eerste televisiebeelden gekeken moeten hebben. Toen zette hij zich rechtop, knipperde nog eens met zijn ogen en zwaaide zijn portier open.

'Zullen we eerst wat eten of wil je meteen de koffers uitladen?' vroeg hij.

Nadat ik de koffers door de kleine voordeur van het kleine huisje naar binnen had gebracht, gingen we iets eten bij Betty's. Een alpien biercafé waar friet of een soort zoete koek met vlees werd geserveerd. Hans Nast bestelde kordaat tweemaal hetzelfde. Dat was de zoete koek met vlees. Hij knipoogde naar de serveerster, wat ik gênant vond, maar zij leek erom te kunnen lachen. Misschien omdat hij zo oud en onschuldig leek. Het leek me vreselijk om als onschuldig beschouwd te worden.

'Zitten mijn tanden goed?' vroeg hij toen het meisje de bestelling ging doorgeven aan de keuken.

'Jezus,' zei ik. Ik had zeven uur gereden en mijn warme hoofd wilde dat de rest van mijn lichaam zo snel mogelijk ergens ging liggen.

'Wat?'

'Ze zitten prima.'

'Je keek niet eens.' Hij trok zijn lippen op en liet zijn tanden zien tot aan het vlees.

'Echt helemaal perfect zo.'

'Wat dat nu zo moeilijk?'

Hans Nast kwam nog twee keer terug op de tanden terwijl we aten en hij vroeg de serveerster of zij dan wel echt Betty heette, en toen ze nee zei noemde hij haar poesje en toen had ik spijt dat ik naar hem had geluisterd en spijt dat ik in de voormiddag van de duizendste dag bij Aslan in Venetië in die taxi was gestapt. Eigenlijk had ik spijt dat ik Hans Nast ooit had leren kennen. Ik moest niets van de man hebben, maar ik bleek me wel voor hem te kunnen schamen. Alle kinderen schamen zich voor hun ouders, maar normaal wegen daar ook voordelen tegen op zoals een opvoeding en een verzorging.

'Hoe oud ben je nu,' vroeg hij.

'Eenendertig.'

'Christus.'

'Die werd nog twee jaar ouder.'

'Wablief?'

'Niets, ik maakte een flauwe grap.'

'Dat moet je laten. Dat is voor slappe mannen.'

Ik vond het vervelend dat hij gelijk had. Mijn hoofd woog zwaar en ik duizelde.

'Goed, dus wat doen we hier precies,' vroeg ik.

'Niet zo snel, Igor. Je eet te traag en je praat te snel. Doe het liever omgekeerd,' zei hij.

Ik kon niet anders dan lachen.

'Laten we dan maar rustig van de tijd samen genieten, hier, in dit prachtige dorp,' zei ik.

'Je hoeft niet over te gaan tot ironie, dat verpest het moment.'

'O, dus dit is een moment, dan?'

'Natuurlijk. Je gaat me toch niet vertellen dat jij er zo een bent die denkt dat alle goede dingen wel op je zullen wachten in de toekomst? Je zou me teleurstellen. Ben je moe?'

'Nee.'

'Je bent moe. We hebben lang gereisd. Het is tijd voor een siësta.'

Die avond zat ik op het bed van een van de twee kleine kamers in het vakantiehuisje. Op deze plek hadden ooit mensen samengewoond. Mensen die elkaar graag hadden gezien. En daar was iets van blijven hangen in de muren en het meubilair. Je zag het aan de zorg voor het huisje, aan hoe alles een geheel leek en hoe iemand het goed had gevonden zoals het was. In de keuken hing een zelfgemaakt houten rekje met specerijen en degene die het had gebruikt, had van paprika gehouden.

In mijn kamer was een raampje en gordijntjes die op een geborduurd tafellaken leken. Het enige wat ik bij me had, was een rugzak met wat spullen en acht paar groene sokken, een telefoon en twee betaalkaarten die Frank Sonntag me een tijd geleden had gegeven. Die kaarten waren gelinkt aan de rekening van een vennootschap die Frank voor me had opgericht. Wat Frank niet wist, was dat precies deze vorm van vrijheid het doel was en niet een gevolg. Ik schilderde om te kunnen ontsnappen aan al de rest. Ik gaf doeken af en in ruil mocht ik me verstoppen. Als ik geen succesvolle schilder was geworden, dan had ik op straat of in een kleine flat ergens langs een ringweg geleefd. Ik had het rotte verleden samen met de liefde weggestoken. Diep, waar zelfs ik ze niet meer kon zien. Ik wist dat ze er waren, maar ik had ze niet nodig. Ik wilde ze ook niet nodig hebben. Ik wilde slapen.

8

Hij had een zwak gestel, zei Hans Nast bij het ontbijt, en een goede doorstroming was cruciaal. Ik beaamde zijn woorden omdat ik alles zou hebben beaamd om het gesprek af te ronden. De eerste prioriteit, had hij gezegd, was dus het vinden van goed water.

'Ik begrijp er niets van,' zei hij een paar uur later even boos als verbaasd. 'Je krijgt toch enkel meer dorst van dit water?' Hij spuugde zijn mond leeg en zei 'volgende'. Ik reikte hem de volgende fles water aan. Hij had er al vijf afgekeurd, er restten er na deze nog twee in mijn winkelwagen.

Naast de onze stond er nog een andere auto op de grote parking van de kleine supermarkt in het kleine dorp omgeven door de grote bergen. Het was er heet tot je in de schaduw terechtkwam en meteen bevroor van de berglucht.

'Ja, dit is het,' zei hij. 'Koop hier maar dertig liter van.'

'Dertig liter?'

'Koop wat ze hebben hier in het winkeltje. Laat de andere dorpelingen maar sterven door uitdroging. Met hun zoute water. Scheppen ze dat uit de Adriatische Zee? Dit herinnerde ik mij niet zo. Hoe heet je mooiste werk eigenlijk?'

Zijn zinnen bleven even in wachtrij hangen voor ze met enige vertraging werden ontleed door mijn hersenen.

'Je mooiste schilderij. Hoe heet dat?' herhaalde hij ongeduldig.

'Nou. Dat is moeilijk om te zeggen. Het gaat me niet echt om schoonheid.'

Hans Nast zweeg en keek even naar de stapel halflege flesjes en de plasjes water die verdampten op het asfalt van de parking.

'Geloof je dat echt?' vroeg hij.

'Ja.'

'Dat is jammer,' zei hij, en toen ging hij opnieuw zitten wachten in de auto met de airconditioning aan. Ik haalde dertig liter water uit de supermarkt, wierp de afgekeurde flesjes in een vuilnisbak en toen we terug in het vakantiehuisje waren zette ik het water in de keuken. Vader zweeg en ging naar zijn kamer en daar hoorde ik hem hoesten tot hij in slaap viel.

9

Zomerdagen waren het ergst. Dan ging ik in de zon liggen tot het zweet uitbrak in knieholten, oksels, op mijn voorhoofd, boven mijn lippen en op mijn buik. Zelfs een tanende zon kon je nog goed lam maken en dat was waar ik op wachtte. Ik wachtte tot ze uit dat water kwam. Verdoofd worden door de warmte en het geluid van het klotsende water. Niet meer kunnen nadenken maar bepaald worden door de hitte op je hoofd en in de poriën van je huid. Ik wachtte op haar koude mond en op haar tanden en haar natte haren en de koele lucht uit haar opgefriste longen.

Wanneer ik mijn ogen opende, met veel meer tegenlicht dan denkbaar was, zag ik haar silhouet en het volgende was dat ze met een koud, nat, glijdend lijf langs mijn ligstoel liep. Zo dichtbij dat ik het aan de lucht voelde, en toen was ze weg.

Zomerdagen waren het ergst.

Ik vond soms troost in de fysica. Fysica was voorspelbaar en je kon in principe elke beweging tot in de oneindige tijd berekenen. Dat maakte het gegeven tijd klein en daar genoot ik van. Je kon zeggen: 'Kijk, tijd, daar sta je dan, en ik heb je helemaal door.' Stel nu dat je tijd markeerde op een stok. Je kerfde bijvoorbeeld elk jaar één centimeter verder dan het vorige. De stok zou dan na enkele jaren gedomineerd lijken door de tijd. Tijd was een klootzak als je hem zomaar alles liet bepalen. Je kon de stok echter ook voor je uit houden zoals een speer. Hij zou er op dat moment en in de juiste hoek uitzien als een dikke, houten punt. Geen teken van de markeringen, geen eindigheid, alleen de dwarsdoorsnede, gewoon een cirkelvormig figuurtje tegen het firmament.

Het kon niet anders of ook de tijd van ons leven kon op een dergelijke manier gedraaid worden. Alles samengevat in een enkele impressie, wars van wat wanneer gebeurde en hoelang het duurde. Er was enkel de vraag: gebeurde het ooit of gebeurde het nooit? Viel het binnen de cirkel of erbuiten? Op die manier probeerde ik haar bij mij te houden. Door niet te geloven in verleden en toekomst, maar enkel in een groot, opgeteld moment. Haar mond, haar stem en alles wat ze was geweest, zat binnen het cirkelvormige figuurtje en zou daar blijven, hoeveel markeringen er ook bij kwamen in de stok.

10

'Haal even een nieuwe fles wijn,' zei hij. 'Ik wil niet onderbroken worden door dorst.' De avonden in het vakantiehuisje duurden lang. Vader hoestte vier keer in zijn zakdoek terwijl ik opstond, een fles ontkurkte en twee glazen inschonk. Zijn zakdoek hing uit zijn broek. Er ging wijn in Hans Nast en er kwam bloed uit.

Hij ging elke dag zichtbaar achteruit. Stukken van hem waren al dood, zei hij. Hij zat nog wel in een stoel en kon praten en was bij bewustzijn. Hij kon eten verteren en naar vrouwen kijken en hij kon nadenken. Maar zijn botten waren rot en zijn organen moe. Zij leken hem te zeggen: 'Laat het toch gaan, man.' En hij zei nee en leefde voort. Hij was aan het einde gekomen, in een huisje in een bergdorp in Slovenië, en de enige die hij nog van zich kon verjagen was hij zelf.

We gingen in het achtertuintje onder de pergola zitten en hij inhaleerde de rook van mijn sigaret alsof dat het enige was wat hem kon redden. Telkens als ik hem er een aanbood, weigerde hij. 'Dat is niet goed,' zei hij dan.

'Heb je tijd?' vroeg hij.

Ik keek voor me uit.

'Als je geen tijd hebt, dan mag je dat zeggen,' zei hij. Hij streek met zijn vingers door zijn haar alsof hij er nog veel van had. Het waren enkele lange zilveren slierten die tegen zijn bruine kop kleefden. Hans Nast was altijd bruin geweest maar dit was niet het bruin van de zon, dit was bruin van ziek.

'Ik heb wel even,' zei ik.

Ik rookte en we inhaleerden allebei wat we konden.

'Hier zitten we maar,' zei hij.

'Ja,' zei ik, en ik schonk mezelf meer wijn in.

'Soms vraag ik me af of het niet beter was geweest wanneer het nooit was gebeurd,' zei hij. 'Ken je dat? Dat je heel goede dingen soms liever niet had beleefd?'

'Ja,' zei ik, en ik hoorde hoe overtuigd ik het zei en ik schrok.

'Ik zal je vertellen wat ik deed in de zomer van 1972,' zei hij. Hij veranderde zijn stem, alsof hij een sprookje voorlas. Alles wat je nodig had in een leven, kwam weleens op je pad, maar zelden op het moment dat je er wat mee kon. Ik was eenendertig en nu ging Hans Nast mij verhaaltjes vertellen.

'We vertrokken vanuit Antwerpen en we reden twee dagen lang. De eerste avond stopten we ergens bij een weide om te slapen. Dat mocht nog. Je mocht overal stoppen en slapen of liften. Toen Karl wakker werd stond een deel van het stuur in zijn gezicht. Dat teken van Volkswagen, zo, op zijn linkerwang. Karl was mijn beste vriend, zou je kunnen zeggen. Ik was jong en als je jong bent heb je vrienden. Het was niet eenvoudig. Junior was tien, Helena nog een kleuter. Gertrude had haar handen vol. Jongen toch, wat Karl en ik toen deden om rond te komen. Maar daarover gaat het nu niet. Hij is nu toch dood. Kanker in zijn reet. Arme klootzak. Hij heeft veel voor mij gedaan. Maar goed. Het was donker toen we bij het huis arriveerden. Dat vergeet ik helemaal te vertellen: we waren op weg naar een feest. Onze baas ging trouwen. Een rijke zot. Jong maar zo gefortuneerd als wat. Je wilt niet weten van wat, neem dat van mij aan. Die verhalen, die had je moeten horen. Maar goed, die zot had een of ander model gevonden, of het was een hoer, ik weet het niet meer, en met haar wilde hij trouwen en hij had een huis gehuurd in Italië en daar zou het dan gebeuren. Dus Karl en ik daarnaartoe in die kleine Volkswagen van hem.'

Ik stak een nieuwe sigaret op en Hans Nast zei: 'Dat is niet goed.' Toen snoof hij wat rook naar binnen en vertelde verder.

'Dus we sliepen allemaal in een huis dat hij had of huurde. Het was een huis met veel grote ramen die tot aan de tegelvloeren reikten, en de kamers liepen in vides en zitkuilen door elkaar heen. Dat was zoals huizen toen werden gebouwd. Het was er druk in de villa en er hing een sfeer zoals in een herberg voor bergwandelaars of bedevaartsvolk maar dan met drugs en knappe poezen, dat kan ik je nu wel vertellen. Karl en ik sliepen in een stapelbed in het souterrain. Er werd voortdurend gefeest en heen en weer gelopen en aan niets kon je zien dat het de voorbereiding was voor een trouwfeest.

Het was de tweede dag dat ik haar zag, in de badkamer op de gang. De deur stond open en ze zei: "Kom maar binnen." Niet op een smerige manier. Ze was niet smerig. Ze was hoe je wil dat een vrouw is. Zoals een echte vrouw maar zonder smerig te zijn. Heb je ooit een vrouw gehad die je bij haar in de badkamer riep?'

'Ja,' zei ik.

'En hoe liep dat?'

Ik haalde mijn schouders op. 'Vertel nu maar verder.'

'"Hoi," zei ze. "Hoi," zei ik. We zagen elkaar en ik hoef het je niet uit te leggen. Het ene moment gaat het nog over een feest en de grappen van Karl en een reisje en wat zuipen en wat roken, en het volgende is al die nonsens nog maar net een duim groot en draait alles rond – nu, je snapt het wel. Toen draaide ze de kraan dicht en ik stond naast haar en ik draaide de kraan weer open en toen raakte ze met de toppen van haar vingers de rug van mijn hand en ze verliet de badkamer.' Hans Nast gebaarde dat ik zijn glas moest bijvullen.

'Het huwelijk zelf vond plaats in de Venetiaanse binnenstad op een zaterdag. De dag ervoor ging iedereen Piazza San Marco en dat soort zaken bekijken als een hoop idioten. Toeristje spelen, ijsje eten. Ik weet wat je van mij denkt, Igor. Maar ik ben geen idioot. Jij denkt dat ik een idioot ben maar dat ben ik niet.'

Ik keek naar de maan boven de bergen en zei: 'Dus?'

'Dus ik deed wat anders. Die ochtend nam ik het busje van Karl en ik ging met haar een ritje maken. Een paar uur later waren we hier, in Joegoslavië. Dat was toen speciaal. Het leek gevaarlijk. De andere wereld, wij vonden dat toen allemaal opwindend en zo, communisme en dat soort dingen. Maar we dachten vooral: Als we samen een grens oversteken, dan zijn we echt op vakantie geweest.'

Hij lachte zo luid dat het leek of hij weer in 1972 zat en het nog steeds een schitterend en hilarisch plan vond. Of hij lachte om het feit dat hij het toen zo grappig vond.

'We wilden naar het eerste dorpsplein over de grens en daar samen even staan en dan terugkeren. Verliefdheid is liefde zoals kinderen haar zouden beschrijven. En mensen vergeten dat, omdat ze leren drinken en neuken en denken dat het daarover gaat terwijl dat natuurlijk enkel trucs zijn om de rest te vergeten.'

'En het huwelijk?'

'Dat was aan de gang in een of andere domme zaal in Venetië. Kon ons het feest wat schelen. Luister je wel naar het verhaal?'

'Natuurlijk,' zei ik.

Een tijdje zaten we samen op het stoepje te zwijgen en ik dacht even dat hij zou opstaan en zonder wat te zeggen naar bed zou gaan.

'Tijdens die rit naar hier,' zei hij uiteindelijk, 'die ene onnozele rit, werden we verliefd op hoe we naar elkaar keken, op hoe we elkaar de eerste keren aanraakten, op hoe de lucht rook en hoe we allebei deden alsof dit helemaal het echte leven kon zijn.'

Ik had vader nooit zo horen spreken. Ik wist niet of ik er nog aan wilde wennen in zijn laatste dagen.

Hij zei: 'Achteraf dacht ik weleens: Misschien is het dat ook wel, de essentie van al onze tijd hier. Mensen praten te vaak over verliefd worden als een ziekte, iets wat je verblindt in de naam van voorplanting van de soort. Ik weet dat zo net nog niet. Mij lijkt het eerlijk gezegd de enige staat van helderheid. Net daarom, natuurlijk.'

'Net daarom wat?'

'Dat we, zodra het voorbij is, onszelf moeten wijsmaken dat het allemaal maar gekheid was. Dat in plaats daarvan al de rest, het aanschuiven aan de kassa en het centen tellen en het zat neuken om nergens anders aan te moeten denken, dat dat de kern is.'

Vader knipperde en schraapte zijn keel. Hij vervolgde op zakelijke toon.

'In elk geval, het was hier, hier in Nova Gorica, dat we het plots wisten, weet je wel? Dat het meer was? Dat dit het was? We zaten op een weide niet ver hiervandaan en toen keek ik naar haar en ik had Gertrude, de moeder van je broers en van je zus nog nooit bedrogen, moet je weten. Mensen dachten van wel, omwille van wat ik deed en het wereldje waarin Karl en ik zaten, maar het was niet zo. Ik had er nog nooit aan gedacht en was het ook niet van plan. Achteraf, ja, achteraf denken mensen dat je heel je leven zo gepland hebt. Ze zeggen: hij deed dit of hij dacht dat, maar wie weet nu in godsnaam ook maar iets, op het moment dat het leven zich gewoon voor je ogen afspeelt? Ik zal het je zeggen, dat weet godverdomme niemand. Maar weet je wat het is met een bepaald soort bedrog? Het voelt helemaal niet aan als bedrog. Het voelt aan als het leven zelf, dus je volgt. Omdat het goed is. Omdat het klopt. En sindsdien –'

Het bleef stil en ik durfde hem niet aan te kijken.

'Wat was er dan, sindsdien?' vroeg ik uiteindelijk.

'Niets. Toen gingen we naar huis.'

'Waarom?'

'Dat doen mensen, ze gaan naar huis. En dan speelt je leven zich daar verder af. En Gertrude ging, uiteindelijk, en jouw moeder kwam. En ik zag jouw moeder graag en dat weet je. Maar het ging niet en dat was nu eenmaal zo en toen was er liefde in Amerika en dat was goed maar het was nooit meer dan goed en dan was er nog die Spaanse hoer en – Welja. En zelfs zij, zelfs de Spaanse hoer, zij was niet helemaal slecht. Je zult zien dat weinig mensen helemaal slecht zijn. Het zijn gewoon idioten of ze weten niet beter maar slecht zijn ze zelden. En het was niet hun fout, zeker niet die van Gertrude, zeker niet die van je moeder. Het lag aan mij, ik was stuk en ik wilde het aan niemand toegeven maar ik was godverdomme zo stuk als je kunt zijn en dat door één dag en sindsdien niet meer.'

Hij zei een hele tijd niets.

'Jij bent de gevoeligste. Jij en Helena. Nou, en Robert, misschien. Maar zeker jij. Je bent slim maar je bent daarnaast ook een overgevoelige idioot. Dus jij weet best waar ik het over heb. Ik zie je en ik weet dat jij het snapt. Misschien zelfs beter dan ikzelf.'

Ik lachte.

'Je hoeft niets te zeggen,' zei hij. 'Hou je mond maar. Maar ik zie het aan je. Een vader ziet dat.'

Ik lachte luidop.

11

Ik zag eerst haar gezicht. Daarna hoorde ik haar stem, en vrijwel meteen haar lach. Toen volgde er stilte. Stilte waarin je niets hoorde buiten ademhaling en hartslag. De details volgden. Toen kon ik haar haren ruiken, en de warmte voelen in haar hals. De huid van haar heupen onder de met verf besmeurde toppen van mijn vingers.

12

Mijn moeder stierf wel drie keer. De laatste keer zag ik haar in een kist een oven in rijden.

Twee weken na haar crematie kocht ik twee dwergkonijnen. Ik kocht ook de rommel die erbij hoorde volgens de verkoper. Het ene konijn was wit, het andere bruin. Ik had het witte gekocht om het bruine niet alleen te laten opgroeien. Ik hield de konijnen zoals ik anderen kinderen zag houden. Ik schaamde me voor de manier waarop ik meteen gehecht was aan het bruine konijn. Toen ze eenmaal gewend waren in hun nieuwe huis, ging ik de deur uit voor speelgoed. Speelgoed dat volgens de speciaalzaak uiterst geschikt was voor dwergkonijnen in de groei.

Twee dagen later lag het bruine konijn te rillen op de vloer. Ik bracht het dier naar de dierenarts, waar ze zeiden dat ze het voor mij zouden verzorgen en me aanraadden om naar huis te gaan. Die avond kon ik de slaap niet vatten, alsof ik riskeerde alles wat ik had in de wereld te verliezen.

De volgende dag belde ik de dierenarts om nieuws maar het konijn was dood. Ik legde de hoorn neer omdat ik niet wilde dat iemand zou horen dat ik huilde om een konijn en meer nog omdat ik twee weken eerder niet had gehuild op de crematie van mijn eigen moeder.

Moeders worden niet geacht vroeg te sterven aan hartfalen. Ze worden oud en zorgen voor je kinderen wanneer je graag een keer wilt uitslapen. Ze strijken je hemd wanneer je een hemd aan moet. Dat kan je zelf ook wel maar zij kunnen het beter. Met de jaren gaan ze zeuren en wat naar zuur ruiken of net te veel parfum gebruiken omdat hun geurzin achteruitgaat. Ze vertellen je wat je moet doen terwijl ze je wijsmaken dat ze vooral willen dat je doet wat je zelf voelt dat goed is, omdat ze je zo hebben opgevoed. En omdat ze trots op je zijn. Dat is wat moeders geacht worden te doen.

Niet Ann Delahaye. Mijn moeder stierf wel drie keer. De eerste keer was toen vader vertrok en ze plots haar geraamte kwijt leek te zijn. De tweede keer was toen Delmira dood op het asfalt lag en ze zich over het lijfje van de kleine engel boog. De laatste keer zag ik haar in een kist een oven in rijden.

Dus toen ze voor de derde keer stierf, dacht ik: Hier gaan we weer. Met dat verschil dat er nu ook opluchting was. Moeder zou tenminste niet meer hoeven afzien. Misschien was het dat. Misschien was ik blij dat ze weg was, omdat het beter was voor ons beiden, en daarom huilde ik niet.

En toen stierf het bruine konijn en voelde ik hoe de zin van alles verdween. De botten in mijn lichaam verloren de moed om de zaak recht te houden en ik lag wekenlang hoofdzakelijk in bed terwijl Frank Sonntag buiten bezig was met het verder uitbouwen van wat hij graag het Nast-imperium noemde.

Ik belde niemand omdat ik wist dat ik in dat geval zou worden opgenomen. Er waren duizenden gradaties van malaise, maar mensen kenden enkel opgenomen of niet opgenomen.

En ik wilde niet tot de eerste groep behoren. Ik wilde het mijn moeder niet aandoen, ook niet nu ze dood was. En ik wilde ook Frank Sonntag het plezier niet gunnen om meerwaarde te scheppen in een kunstenaar die gek werd van de wereld om hem heen. 'Alle groten zijn natuurlijk ook een beetje gek,' zou hij vol medeleven verzuchten op netwerkevenementen, en dan zou hij besluiten met wat dramatisch gedoe zoals: 'Ik hoop dat Igor er snel weer bij kan zijn. En dat hij – god verhoede – geen slechte keuzes maakt.' En daarop zouden de speculanten minzaam knikken en hun waardering voor een echte Nast met minstens 10 of 20 procent verhogen.

Slapen was goed. Mijn moeder had na Delmira gezegd: 'Je kop is niet dom, die werkt gewoon door terwijl jij slaapt.'

Een paar maanden voor haar dood zocht ik moeder op. Zij was bestolen terwijl ze het slot van haar fiets haalde en was haar handtas met al haar documenten kwijt. Ik pikte haar toen op aan het kleine flatje met een auto die Frank me liet gebruiken wanneer ik in België was en bezocht met haar een politiekantoor, de bank, de bibliotheek en het stadshuis.

'Wat is dit? Het lijkt wel een sportwagen,' zei moeder toen ze instapte. 'Heb jij deze gekocht?'

'Nee, het is een auto van Frank.'

'Rij er maar voorzichtig mee. Voor je het weet –'

'Ik weet het, moeder.'

'Voor je het weet rij je tegen een paaltje aan. Je wilt de wagen van je baas niet stukrijden.'

'Frank werkt voor mij, moeder.'

Ze streelde het leer op de armsteunen en keek door het raam zoals een kind doet tijdens zijn eerste treinrit. Ze had een klassiek kleedje aan dat haar niet goed paste en beter had gestaan bij een vrouw die ofwel veel jonger ofwel nog veel ouder was. Ze was tenger en ze had nog altijd dezelfde paardenstaart maar met grijzer haar, ook al bezorgde ik haar toen al elke maand een bedrag om beter van te leven. Ik wist nooit wat ze ermee deed. Ze verhuisde niet, ze ging nooit op reis. Het was een mysterie. Tot ze stierf en ik van haar bijna het volledige bedrag terug erfde.

Ze hoorde niet hoe ik haar vroeg waarom ze me nooit belde met de telefoon die ik haar had bezorgd.

'Die Toyota die ik vroeger had, weet je dat nog, dat we die op een dag moesten wegdoen?' Ze keek me voor het eerst vol aan. In haar ogen kon je soms nog zien hoe ze ooit was geweest.

'Nee, dat weet ik niet meer,' loog ik. 'Wat denk je, dat ik me alles zomaar kan herinneren?'

Ze knikte. 'Natuurlijk niet,' zei ze, en ze zag er opgelucht uit.

13

Nu en dan vroeg ik hem of hij het wel goed stelde. 'Natuurlijk,' zei hij dan. Ik zei: 'Als je medicijnen nodig hebt, dan ga ik die halen.' En dan zei hij: 'Ach, met jullie medicijnen.' Hij at weinig en soms praatte ik tegen hem en dan viel hij in slaap in zijn stoel.

In het huis lag een muffe Franse uitgave van *De oude man en de zee*. Vader was in het boek begonnen in de namiddag van de derde dag van ons verblijf. Hij had mij zien toekijken hoe hij het boek opende, de rug brak, het voor zich op de keukentafel legde en het begon te lezen zoals een kind in een prentenboek kijkt, met de handen op de schoot en lichtjes voorovergebogen. Hij vertelde mij 's avonds dat het de eerste roman was die hij las in zijn leven, en dat hij het maar een hoop gezeur vond. 'Goed dat ik daar eerder geen tijd aan verloor,' zei hij. 'Het is zo duidelijk waarover het gaat. Zijn alle romanlezers dan domme idioten?'

'Je bedoelt over een oude man die geen vis meer vangen kan?'

'Praat niet tegen me alsof ik een idioot ben. Al dat gezeik

over doodgaan, daar kun je toch niet al die tekst voor nodig hebben?'

Ik waste af en vader las verder in het boek. Soms zuchtte hij of zei hij: 'Jongens, toch,' of: 'Hoor hem weer eens tegen zichzelf lullen.'

We woonden een week samen in het kleine huis in Nova Gorica en de dagen deden me nog het meest denken aan de laatste jaren bij mijn moeder. Hij doolde door de kamers zoals zij had gedaan, in dezelfde schijnbare onwetendheid van een andere aanwezigheid. Ik reageerde, net zoals vroeger, door mezelf op de achtergrond bezig te houden. Dat leverde me deze keer een rol op die ergens schommelde tussen die van een spook en een verzorger. Vader was verstrooid en liet voortdurend vuur branden, water lopen en alles wat dicht moest openstaan of omgekeerd.

Het gebeurde af en toe dat we even met elkaar praatten. Dat ging dan over niets. Het gebeurde enkel als ik te veel verzorger en te weinig spook was, en we elkaar kruisten in de gang of wanneer ik per ongeluk een kamer binnenliep waarvan ik niet wist dat hij er zat. Dat leverde zoveel spanning op dat we allebei begonnen te ratelen over onbenulligheden om er zo snel mogelijk een eind aan te maken.

Als dit was hoe je einde eruitzag, dan bleef ik liever de rest van mijn leven alleen. Wanneer het nodig bleek, dan zou ik een verpleegster in dienst nemen om de taken uit te voeren die zelfs voor een familie te intiem waren. Er was een niveau van intimiteit dat gemakkelijker te beleven viel met mensen die je niet kende of met wie je een arbeidsovereenkomst had bezegeld.

Om de andere dag waste ik vader. Er is iets aan de geur van oude mensen. Hij lijkt te dienen als waarschuwing, net als de geur van vervallen vlees of zure melk. De natuur is daar even duidelijk als onverbloemd in.

Hij kakte niet meer vast, dus was het telkens wassen in het bidet nadat hij geweest was. Dat wilde hij zelf doen. Ik stond dan achter de deur van de badkamer om te horen of hij niet viel en zette muziek op in de woonkamer zodat hij zou denken dat ik uit de buurt bleef. Als ik hoorde dat het water stopte met stromen, haastte ik me naar beneden en daar zat ik dan in dezelfde krant van een week oud te lezen tot hij zijn gat had afgedroogd, zijn onderbroek had opgetrokken over zijn onderhemd, zijn broek had vastgegespt en de trappen was af gesukkeld, vooral steunend op zijn sterkere linkerbeen.

'S Avonds na het eten zaten we buiten onder de pergola. Ik las daar met veel moeite in een Italiaanse insectengids die ik in het huis gevonden had en vader staarde meestal gewoon wat in de verte. In het begin had ik dat gestaar vervelend gevonden, alsof hij verlangde dat ik met hem zou spreken. Dat probeerde ik, zonder succes, en na enkele dagen bleek dat hij staarde om het staren. Zonder bijbedoeling, zonder symboliek. Hij zat gewoon naast me en soms dacht ik, als ik over mijn insectenboek naar hem spiedde, dat dit het moment van de dag was waar de oude gek het meeste aan had.

De zesde avond vroeg hij me koffie te halen in de kleine supermarkt. Dat had ik gedaan en nu stond er koffie door te lopen in de keuken die via een openstaande deur was verbonden met het stukje terras waar hij zat te staren en ik net in een hoofdstuk over wantsen begon.

'Hou jij ook zo van de bergen?' vroeg hij.

'Niet echt.'

Hij stond op en stapte naar de keuken.

'Vind je ze niet machtig, dan?' vroeg hij terwijl hij achteromkeek.

'Welja. Precies,' zei ik.

'Voelt het alsof je ze niet zou aankunnen?'

'Ik kan beter aan jou vragen: voel jij je dan alsof je ze aan zou kunnen?'

'Natuurlijk.'

Hij probeerde het deksel weer op de koffiepot te duwen. Dat hoorde ik. Daar hoefde ik niet meer voor op te kijken.

'Je moet draaien,' zei ik.

'Wat?' Ik keek op en draaide mijn hoofd in zijn richting.

'Dat je moet draaien, niet duwen.'

Hij keerde terug naar het terras en morste de helft van de koffie uit zijn kleine kopje.

'Weet je wat ik niet al te dom vond aan dat boekje? Waar die schrijver vertelt dat die gek van een visser er niet meer in slaagt om over vrouwen of plannen of wat dan ook te dromen, maar enkel over plaatsen. Heb jij dat gelezen?'

'Ja.'

'Natuurlijk. Jij hebt daar ook tijd voor. Maar dat moet die man, die Hemingway dus, zelf ervaren hebben, dat kan niet anders. Mensen en sappen verdwijnen, plaatsen verdwijnen niet. Tenminste, plaatsen verdwijnen ook, maar veel trager. Mensen bouwen maar op en breken maar af. Gekken onder elkaar. Maar je kunt binnen je kleine leven nog terugkeren naar een plaats.'

'Ja.'

'Dat is eigenlijk best een troost.'

'Ja, wat je zegt,' zei ik terwijl ik het groen van de meidoornschildwants bestudeerde.

'Ik ga even liggen,' zei hij.

'Oké.'

14

Na een vroeg ontbijt was Hans Nast van tafel opgestaan en zich gaan omkleden. 'Ik ben klaar,' zei hij een kwartier later, uitgedost als een soort Tiroler jager, midden in de kamer geposteerd met de handen in de heupen en zijn benen gespreid voor zover hij zijn benen nog kon spreiden.

'Wat gaan we doen, vader? Oostenrijk binnenvallen?' vroeg ik.

'Nee.'

'Als we oostelijk trekken, nemen we Graz bij nachte.'

'Stop met je aanstellerij,' zei vader, en hij trok zijn kniebroek recht.

Ik klapte mijn insectenboek dicht. 'Serieus, wat is het plan?' vroeg ik.

'We gaan wandelen,' zei hij, en hij liep naar de keuken en begon flesjes van het goedgekeurde water in een ouderwetse rugzak te steken. Hij zag er klein uit in zijn wandeltenue. Hij zag eruit als een kind. Zijn benen waren mager en hij stak zijn duimen door de lussen van de rugzak.

Ik stond op en rekte me uit. 'Goed, als je wilt wandelen,

dan gaan we wandelen,' zei ik. 'Maar niet huilen als je moe wordt.'

Zo kwam het dat Hans Nast en ik als twee idioten vertrokken op het vroege uur. Ik met de rugzak waarin we enkele boterhammen met worst en het water hadden zitten. Vader sprak van proviand, ik sprak van boterhammen met worst om hem in te prenten dat we enkel een korte wandeling zouden maken en dan zouden terugkeren naar het vakantiehuisje en niet, zoals hij leek te hopen, naar de top van de Triglav zouden klimmen.

De man die amper van zijn kamer naar de keuken of van de keuken naar de badkamer had kunnen wandelen moest na elke twintig stappen pauzeren om op adem te komen. Dan deed hij alsof hij iets had gehoord in het bos langs de weg of een vogel in de lucht had zien cirkelen. Na de vierde onbestaande vogel zei ik: 'Het is goed, Hans Nast, je mag gerust stoppen om op adem te komen.' Daarop was hij meteen op anderhalve keer zijn doorsneesnelheid doorgewandeld. Wat nog steeds traag was, maar niet als je graf al gegraven was.

We hadden enkele kilometers gewandeld. Nu en dan stopte hij en keek hij om zich heen. Het was een warme dag en de koelte van de ochtend waarin we waren vertrokken was vergeten en vervangen door een gloed die tot in je botten stroomde. Uit de andere richting kwamen wandelaars die eruitzagen zoals je verwachtte dat wandelaars eruit zouden zien. Grote mannen en volgzame vrouwen in jasjes tegen de wind. Veel rood, veel blauw, geen nuance, kleuren uit een kleuterboekje. Ze keken serieus en trokken hun sokken op, de meesten steunden op stokken. Ze zagen eerst vader, die eruitzag alsof hij elk moment kon doodvallen – hij kon ook elk moment doodvallen –

en dan zagen ze mij, in jeans en een T-shirt en schoenen waaraan je zag dat de zolen te dun waren.

Hij zat tegen een boom en hapte naar adem.

Ik zei: 'Zie je nu wel, we hadden moeten terugkeren na dat laatste gele bordje. Vader schudde zijn hoofd. Zijn zwetende, dampende kop, die naar adem snakte en koppig van nee schudde. 'Ik moet gewoon even rusten,' zei hij. 'Het is de hoogte.'

Ik zei: 'Ja, het is vast de hoogte. En het feit dat je ongeveer honderd jaar oud bent, en – o ja – doodziek.'

'Ik moet gewoon even op adem komen,' zei vader nu, terwijl hij zich tegen de stam van de boom rechtop duwde en zijn handen in zijn zij zette. 'IJle lucht in dit *verdammtes* wanderland. Even te weinig –' Zijn gezicht trok samen. 'Te weinig –'

'Zuurstof,' zei ik.

Hij knikte.

We wandelden de heuvel af en gingen op een bank zitten die iemand uit een boomstam had gesneden. Daar zaten we en in totaal kwamen er vier groepjes wandelaars voorbij voor we weer spraken. Elke keer dat vader 'goedendag' zei, zag hij er minder bleek en weer meer als zichzelf uit. Maar ook toen hij zijn oorspronkelijke ziekbruine kleur weer had, duurde het nog een tijd voor hij zijn mond opendeed. Ik dronk intussen anderhalf flesje water en hij maakte daar geen enkele opmerking over. Ik lachte hem uit. Ik was ongerust over hem. Hij keek zo serieus en recht voor zich uit, alsof hij in spanning afwachtte of dit dan het einde kon zijn. Ik wilde hem vragen: Wel vader, gaat het wat? Ik wilde mijn hand op zijn schouder leggen en hem wat water geven. Maar ik zei: 'Zie je nu wel, meneer wilde zo nodig gaan wandelen. Drink eens gauw wat water. Oude gek, met je kniebroek.' Hij zei helemaal niets. Hij leek niet in de stemming om te klagen of me voor idioot uit te maken. Hij zat daar maar en keek voor zich uit en legde zijn handen op zijn knieën zoals een monnik en dat maakte me nog ongeruster. Ik wilde hem ondersteunen en naar huis brengen en hem laten slapen en er de volgende dag om lachen, wanneer duidelijk zou zijn dat hij weer de oude was. Ik wilde niet dat hij stierf op een boombank in de bergen boven Nova Gorica in Slovenië omdat ik besloten had met hem te gaan wandelen om van zijn gezeur af te zijn.

'Wat mis je het meest?' vroeg hij uiteindelijk.

'Kom, vader, sta eens op.'

'Ik plaag je niet.'

'Dat weet ik.'

'Dus wat mis je het hardst.'

'Ik heb hier geen zin in.'

'Ik heb niet de hele dag tijd om het te blijven vragen. Ik heb misschien echt niet meer de hele dag tijd,' zei hij en hij lachte.

Ik lachte ook en we lachten samen, bijna zoals vrienden zouden lachen terwijl ze voetbal keken of worstjes bakten. Er was geen lelijk verleden en ook geen toekomst, heel even was er gewoon die tijd die een goede lach inneemt.

'Pathetische gek,' zei ik, uitgelachen. Ik begon traag de heuvel verder af te dalen.

'Ik meen het,' zei hij. Hij bewoog niet van zijn plaatsje op de boombank. Hij zag eruit als een komiek die een nummertje opvoerde. Zette zijn voeten stevig in de grond, met die dunne benen van hem, en hij keek voor zich uit.

'Ik weet het niet, pa,' zei ik, en ik brak een droge tak af van de dichtstbijzijnde boom, en toen nog een.

'Dat zou ik geloven wanneer Robert het zei, of Davy met zijn rare Française, maar niet als jij het zegt. Jij weet het meer dan goed genoeg, je bent gewoon een koppige idioot.'

Ik zuchtte en liep terug de helling op. Ik nam vader bij de elleboog. 'Kom. Ga staan.'

'Zo meteen. Ik voel me wat draaierig.'

'Ik mis het om haar te zien rondlopen op haar blote voeten. Goed? Kunnen we?'

'Ja,' zei hij, 'ja, en wat nog meer?'

'En het weten dat ze bij me hoort.'

Hans Nast knikte, alsof hij haar kon zien en besloot: 'Ja, ik zie precies wat je bedoelt.' Toen stond hij op.

'Pathetisch,' zei hij.

'Dat zei ik toch,' zei ik, en ik trok het koord van de rugzak aan.

15

Zeggen dat ik geen herinneringen had aan Hans Nast was een leugen. Ik had er een. Hij zat in een stoel en moeder riep ons aan tafel. We aten in de keuken en naast de keuken was de woonkamer en de woonkamer was waar wij altijd zaten. Hij zat in een skai zetel en ik op de grond. Er speelde 'Georgia On My Mind' van Ray Charles op de radio en moeder riep ons voor de tweede of derde keer aan tafel. En toen stond hij op en draaide het volume iets hoger en wat hij deed was niet dansen. Het was een beweging die hij maakte. Hij maakte een soort schijnbeweging met zijn bovenlijf en zette dan met een been een stap achteruit, alsof hij met een onzichtbare partner door de kamer bewoog. Ik keek naar hem vanaf de grond en hij zag me kijken en knipoogde terwijl moeder ons voor de vijfde of zesde keer riep. En in die knipoog waren we geen vader en zoon, we waren makkers. Een wat oudere en een wat jongere makker. We wisten het wel, wij twee, hoe de wereld werkte. Of misschien waren we juist wel vader en zoon, ik heb weinig om het mee te vergelijken. Het was een moment. Het was ons moment. Of misschien was het zijn moment en had ik hem betrapt. Hij met een open hemd en een onderhemd en een bruin ceintuur in zijn broek. Zo zag ik hem soms nog voor me. Dat was de herinnering.

16

Ik voelde het nog voor ik mijn ogen opende. De kamer was vochtiger dan de andere ochtenden en mijn lijf zocht naar warmte in de lakens. Geluid kwam stilaan binnen. Ik hoorde hoe de wind de regen tegen de luiken blies en hoe de oude ramen in hun houten kozijnen klapperden. Ik vroeg me af of vader al op was. Ik vroeg me af of vader nog in leven was. Oude mensen stierven als het vochtig en koud werd. Maar oude mensen stierven ook als het te warm was. Oude mensen stierven. Ik hoorde gerommel in de keuken onder de plankenvloer van mijn kamer.

Vader leefde nog en maakte koffie. Hoe dichter bij de dood, hoe sterker het aantal activiteiten afnam. Vader restten alleen nog slapen, staren en koffiemaken. 'Rotweer,' zei hij. Hij steunde met zijn gestrekte linkerarm op het aanrecht. Op elkaar gestapelde botten die elk moment door konden zakken.

'Wil je melk?' vroeg hij.

'Nee.'

'Goed,' zei hij, 'er is namelijk geen melk. Wie drinkt er nu melk?'

'Niemand,' zei ik, en hij knikte.
'Niemand,' herhaalde hij, 'tenminste niemand die ik ken.'

Bij de bakker naast de herenkapper haalde ik met een oude krant boven mijn hoofd croissants en ik droogde mijn gezicht met de keukenhanddoek toen ik weer thuis was.

'Ze zijn nat,' zei ik.

'Er is verderop een veld,' zei hij, 'en daar ga ik heen.'

Plots zag ik wat er aan de gang was in het huis. De schaduwen waren weg. Er was zo weinig licht dat onze lichamen en de voorwerpen rond ons geen echo meer kregen.

'Een veld?' vroeg ik, 'waarom?'

'Ik ga dood,' zei hij. 'Zie je dat niet? Misschien ben ik al dood, en kijk jij nu naar mijn stuiptrekkingen.'

'Doe niet zo dramatisch.'

'Doe niet zo dramatisch,' zegt hij. 'De jeugd en haar eeuwige tijd.'

'Wat is er dan, op je veld?'

'Dat doet niet ter zake.'

'Oké.'

'Weet je wie melk dronk?' vroeg ik hem.

'Nee,' zei hij.

'Wel,' zei ik, 'moeder. Moeder dronk warme melk. Elke avond voor ze naar bed trok. Ze zei: "Het maakt me rustig." Ik denk dat het haar ook echt hielp. Dus laten we – Laten we godverdomme stoppen met gezeik over melk en over een veld en gewoon een fucking croissant eten, ja?' Ik pakte de Hemingway die op tafel lag en klapte ermee op tafel. En toen nog eens. 'Godverdomme,' riep ik, en ik ging staan en ik stootte met mijn lange armen tegen het dressoir in de keuken. En toen zag ik dat Hans Nast bang was. Hij schrok en hij voelde net als ik dat ik door hem heen zou slaan, mocht het zover komen. Ik kalmeerde meteen maar het was alsof hij mijn woede had overgenomen.

'Wel, eet jij je croissant maar,' riep hij met een stem die niet meer in staat was om te roepen. 'Ga uit de weg,' zei hij. Hij wilde door de deur waar ik net mijn voet voor had gezet. 'Wat doe jij nou? Laat me erdoor, vervelend jong.'

Ik keek door het raam. De wind beukte in op de stortregen. 'Vandaag niet,' zei ik. 'Morgen of overmorgen waarschijnlijk ook niet, maar vandaag zeker niet.' Ik had allang spijt dat ik me niet had kunnen beheersen en wenste dat hij gewoon weer ging zitten en wat zou slapen maar hij duwde zijn schouder tegen me aan. De duw van een dood lijf.

'Laat het,' zei ik. 'Het spijt me dat ik schreeuwde. Laat het nu toch.'

Hij duwde nog eens en ging toen op een keukenstoel zitten. Ik tapte een glas water uit de kraan.

'Weet je nog toen je dat joch zijn arm brak?' vroeg hij.

'Been.'

'Been, arm – brak je het of niet?'

'Ja.'

Hij knikte tegen zichzelf en dronk van het water. Hij rilde en het water klotste evenveel naast als in zijn mond.

'Waarom deed je het?'

'Omdat ik nog niet beter wist.'

'Nee,' zei hij. 'Dat is gelul dat je moeder je vertelde. Of een therapeut in dat gekkenhuis waar ze je liet opsluiten.'

'De rechter sloot me daar op, niet moeder. En het viel er best mee. Ze hadden een pingpongtafel. En potloden.'

'Ach. De rechter. Ik zou die nonsens wel geregeld hebben,

met die rechter. Je deed het omdat je het moest doen. Omdat je lijf zei: Doe het. Klop op die klootzak zijn kop.' Hij liep rood aan en ademde hevig. 'Mep hem neer, leer hem een lesje. Laat zien wie er heerst. Laat zien wie Igor Nast is. Dat. Dat is godverdomme waarom je het deed. En je had gelijk ook.'

Hij dronk het glas leeg en stond op. 'Goed. Laat je me nu buiten?'

Ik lachte. 'Nee. Natuurlijk niet. Oude gek.'

Vader sprong op en wilde me slaan. Ik weerde hem af en hij viel. Hij viel slecht, hij bloedde uit zijn onderarm. Je zag het aan zijn huid. Dit was geen lichaam dat zichzelf nog in ere hield. Het zou zich niet meer herstellen. Wat stukging, bleef stuk.

Ik legde hem op de bank en hij zei: 'Zie je nou wel.' Ik haalde een kompres en verbond zijn arm.

'Ik ga opruimen,' zei ik, maar hij legde zijn hand op mijn arm. Hij had pijn en ik wenste dat ik dat niet hoefde te zien. Doodgaan bleef een goede zaak voor hem. Hij had minstens vier levens geleid, en hoefde maar één keer te sterven. Maar dat was de zakelijke kant van de kwestie. Hij lag daar en hij was een transparante zak van broos botwerk en dun bloed. Hans Nast.

'Ik blijf wel zitten,' zei ik. 'Ik was toch moe.'

Hij zei niets meer.

Ik dacht: Dit zijn de laatste uren van Hans Nast. Het voelde ongemakkelijk aan. Het gevoel wanneer een relatie niet overeenkomt met de intimiteit.

Vader viel in slaap maar sliep onrustig. Ik wachtte tot hij minstens tien minuten niet bruusk bewogen had, en droeg hem toen naar zijn bed.

17

Ik kuste snel de druppels water van haar huid voor de zon ze kon opdrogen. Ik kon enkel haar stilte horen en het geklots van het water in het kleine zwembad dat door de filterpomp werd aangezogen.

18

11.59 uur

KPT. ZIGA TURK:	*Meneer Nast, ik wil u met klem vragen om de volgende vragen uitsluitend met ja of nee te beantwoorden. Kunt u dat voor mij doen?*
IGOR NAST:	*Ja.*
SGT. VILJEM PLESKO:	*Kent u juffrouw Charlie Days, geboren in Manchester op 19 mei 1981?*
IGOR NAST:	*Ja, maar –*
SGT. VILJEM PLESKO:	*Had u een liefdesrelatie met haar?*
IGOR NAST:	*Ja.*
SGT. VILJEM PLESKO:	*Weet u waar uw vader, Hans Nast, zich bevindt?*
IGOR NAST:	*Nee.*
SGT. VILJEM PLESKO:	*Heeft u een ruzie met hem gehad de voorbije dagen?*
IGOR NAST:	*...*

KPT. ZIGA TURK: *Heeft u ruzie gehad met uw vader de voorbije dagen?*

IGOR NAST: *Ja.*

KPT. ZIGA TURK: *Als we jullie bungalow doorzoeken, zullen we dan bloedsporen vinden?*

IGOR NAST: *Nee. Ja. Misschien.*

SGT. VILJEM PLESKO: *Ja of nee.*

IGOR NAST: *Ik denk het wel.*

KPT. ZIGA TURK: *Hield u van Charlie Days?*

IGOR NAST: *Natuurlijk.*

SGT. VILJEM PLESKO: *Ja of nee, alstublieft, meneer Nast.*

IGOR NAST: *Ja.*

KPT. ZIGA TURK: *Heeft u haar teruggezien sinds mei 2013?*

IGOR NAST: *Nee.*

KPT. ZIGA TURK: *Heeft u vandaag leugens verteld om mij of mijn collega's te misleiden?*

IGOR NAST: *Nee.*

KPT. ZIGA TURK: *Vertelt u weleens leugens?*

IGOR NAST: *Ja.*

KPT. ZIGA TURK: *Zou u veel geld erven in geval uw vader komt te overlijden?*

IGOR NAST: *Ik denk het wel.*

SGT. VILJEM PLESKO: *Ja of nee.*

IGOR NAST: *Ik weet het niet. Ik denk het wel.*

KPT. ZIGA TURK: *Heeft u schulden?*

IGOR NAST: *Nee.*

SGT. VILJEM PLESKO: *Klopt het dat u in mei 2013 in* Zeit Magazin *verklaarde dat het voor u voelde alsof u zelf had bijgedragen aan haar verdwijning?*

IGOR NAST: *Dit is belachelijk.*

KPT. ZIGA TURK: *Maar klopt het?*

IGOR NAST:	*Ik wil graag een van mijn broers bellen. Hij is advocaat.*
KPT. ZIGA TURK:	*Waar is je vader, Igor?*
IGOR NAST:	*Ik wil Robert Nast bellen.*
KPT. ZIGA TURK:	*Wanneer u een probleem tegenkomt in uw leven, zoekt u dan de snelste oplossing?*
IGOR NAST:	*Ik wil nu echt graag mijn broer bellen.*
SGT. VILJEM PLESKO:	*Zitten blijven.*
KPT. ZIGA TURK:	*Heeft u weleens iemand zo graag gezien dat u er gek van werd, meneer Nast?*
IGOR NAST:	*Stop.*
SGT. VILJEM PLESKO:	*We stoppen wanneer wij het zeggen.*
KPT. ZIGA TURK:	*Sergeant, een momentje.*
IGOR NAST:	*Ik wil graag naar huis.*
SGT. VILJEM PLESKO:	*Kijk eens aan, de zoon wil naar huis.*
KPT. ZIGA TURK:	*Sergeant. Stop.*

Dit was het. Het verslag dat mijn halfbroer Robert Nast later zou opvragen. Hij zou het lezen en erom lachen. Maar dat kwam pas later.

'Stop,' herhaalde kapitein Turk. 'Er is nieuws.'

Door de openstaande deur zag ik vader tussen twee agenten staan en ik stond op. Plesko duwde me neer in mijn stoel en op het moment dat hij zijn hand op mijn schouder legde, zoals een berispende vader zou doen, begaven alle klemmen het en sprong ik op en mepte ik Plesko in zijn maag en de agent die het nieuws was komen melden tussen de benen. Van de drie agenten die binnen kwamen gestormd kon ik er nog eentje neerhalen voor ik met een harde klap met mijn kop op het koude tafelblad werd gegooid.

Een uur en veel excuses en gedoe later zat ik op een bank voor het politiekantoor met mijn vader naast me. Ik pulkte korstjes bloed van mijn neus. Vader was verwilderd en stonk naar zweet en kattenpis. Ik zei niets, hij zei niets. We zaten een kwartier op een bank en zeiden niks.

'En?' vroeg ik toen. 'Heb je dat stomme veld gezien?'

Hij knikte.

Ik knikte en zei: 'Oké, dan.'

'Heb je hen in de kloten getrapt?' vroeg hij.

'Kom,' zei ik.

In het vakantiehuisje hielp ik hem in bad, liet hem in het sop weken terwijl ik Sloveense worst bakte en aardappelen schilde. We aten alles op en dronken wijn. Na de maaltijd wilde hij koffie dus maakte ik koffie en ik dronk mee zodat hij niet alleen hoefde te drinken. Ik hielp hem zichzelf te wassen nadat hij naar de wc was geweest, legde hem in bed en toen zei hij: 'Ik denk dat ik ben verbrand.'

'Rust nu maar uit,' zei ik, en dat was de eerste keer dat hij naar me luisterde sinds ik het mij kon herinneren.

19

De volgende ochtend was Hans Nast dood. Ik kwam beneden en zag hem in een kamerjas in een stoel zitten. Dood herken je meteen. Die is net als het licht, je kunt je niet vergissen. Iets was weggenomen en in de plaats werd niets achtergelaten. Koud vel en sap, maar niet meer dan dat. Het was gedaan voor Hans Nast. Hij had zichzelf laten gaan. Een leven dat zoveel geweest moest zijn en dat nu al bijna vergeten was. De man met zijn liefde op een weide in de bergen in de zomer van 1972, die lag nu hier. In een kamerjas en met huid die inderdaad verbrand was. Buiten maaide een van de buren het gras en een briesje waaide door het keukenraam naar binnen. Ik trok de kamerjas strakker om Hans Nast heen en ging vervolgens naar de bakker naast de herenkapper waar ik zoals elke ochtend twee croissants en een klein brood kocht. Het leek plots nog stiller in Nova Gorica. Nu hoorde ik de kiezels onder mijn zolen knisperen en het katoen van mijn kleding wapperen in de wind. Ik voelde de afwezigheid van vader niet in de stilte maar in al de geluiden die ik voor het eerst hoorde nu hij niet achter me aan liep.

Aan de keukentafel at ik beide croissants op. Ik schakelde mijn telefoon aan en ontving een storm aan berichten. Ik stuurde Hans junior een tekst omdat Hans junior de oudste was.

Ik stuurde: Vader is vannacht overleden.

Daarna stuurde ik: Hij heeft niet geleden.

Daarna stuurde ik: Het spijt me.

Daarna stuurde ik: Nova Gorica, SLO.

Daarna stuurde ik: Kom snel. Igor.

Seconden later belde Hans junior me op en een kwartier later had ik hem voldoende details over de laatste dagen verteld om hem te kalmeren.

'Dus Slovenië,' zei hij uiteindelijk.

'Ja.'

'En daar had vader wat te zoeken?'

'Blijkbaar.'

'We zullen het nooit weten.'

'Nee.'

'Nee.'

'Goed,' zei hij, 'in dat geval kom ik jullie halen.'

'Sorry,' zei ik, en ik had in de voorbije 1022 dagen niet meer gehuild.

20

Hans, die nu niet langer junior was, had gezegd dat hij eraan kwam voor middernacht en om iets voor twaalf reed er een taxi voor. De stiptheid van mijn oudste broer had me gestoord in het huis van vader, maar niet nu. Niet deze keer.

'Wat is dit voor een plek?' vroeg hij toen hij me in de deur van het vakantiehuisje zag staan. Toen ik in de keuken koffie voor hem had gemaakt en hij een eerste slok had genomen vroeg hij: 'Waar heb je hem gelegd? Op de bank?'

Ik knikte.

Hij knikte.

Samen gingen we naar vader kijken. We stonden naast de bank en keken naar de dode man die onder een wollen deken lag. Ik had een wollen deken op een dode man gelegd. Toen knielde Hans naast de bank en hij bestudeerde vader van dichtbij, alsof hij voor het eerst de kans kreeg. Ik ging op een stoel zitten en Hans legde zijn hand op het voorhoofd van vader. 'Koud,' zei hij, en ik zei: 'Ja.'

'Wat nu?' vroeg ik. Ik merkte wat een opluchting het was

iemand die vraag te kunnen stellen.

'Nu bellen we een begrafenisondernemer. Geen Sloveen en al zeker geen Italiaan. Een Zwitser, en die komt naar hier en die laadt pa in en brengt hem naar huis.'

'Oké,' zei ik, 'en waar is dat dan?'

'Zwitserland, natuurlijk.'

Hans leek te geloven dat je laatste adres je thuis is. Misschien had hij wel gelijk.

'We zouden hem ook hier kunnen begraven. Hij leek het hier naar zijn zin te hebben,' zei ik.

'Doe niet zo gek. Je kunt niet zomaar iemand in de grond steken als een knol. Dat is één, en twee – Ja, en twee: wat is dit in hemelsnaam toch voor een rare plek? Als je ergens heen wilt om te sterven, ga dan naar, wel, weet ik veel. Een paradijs.'

'Ja, wat je zegt,' lachte ik. 'De oude gek.' En mijn hoofd was warm en ik herinnerde me dat er nog water moest worden gehaald want dat was op.

3/WOLKEN

1

– napelsgeel
– gele oker
– titaanwit
– loodwit
– rode oker
– omber
– ivoorzwart
– vijfentwintig paar groene sokken
– acht doeken, 2 m x 1,5 m (linnen)
– slaappillen (veel)
– ticket L.A. (enkel)
– overdrachtspapieren huis in Basel

2

Tien minuten. Misschien een klein kwartier, maar daarna zou alles weer koud en klam worden. Mijn kop onder water, alles onder water. Ik tikte met mijn ring tegen de wand van het bad en dat klonk als een gong. Het water was nog warm maar zou nu snel afkoelen. Mensen konden veel, maar warmte langer dan tien minuten of een klein kwartier vasthouden lukte niet.

Ik bleef onder water omdat erbuiten enkel duidelijkheid was. De duidelijkheid dat er niemand meer was voor wie ik snel naar boven wilde komen. Niemand die ik echt nodig had, wachtte, gezeten op het bed van dit hotel, gekleed en opgemaakt of juist niet, starend naar iets op de televisie of bladerend in een boekje. Niemand naar wie ik verlangde stond buiten, vier verdiepingen lager bij de ingang te wachten bij een taxi. Niemand zat ergens op een bankje aan een park of een rivier speciaal op mij te wachten. Niemand had plannen gemaakt die dezelfde waren als de mijne. Plannen maken en ze niet delen, daar kwam mijn leven op neer. Plannen om te plannen en plannen om te vergeten. Opstaan en dan nergens heen gaan. Aankleden en nooit uitkleden. Elke dag moe worden maar nooit door, nooit dankzij iemand anders.

De hoteltelefoon ging. Dat moest Robert zijn, die ongeduldig naast een receptionist stond en zei: 'Laat maar bellen, hij neemt wel op.'

Ik zakte terug onder water. Het gerinkel verstomde, de wereld werd weer wat op afstand gehouden. Dit was het. Dit was wat ik had nagestreefd. Ik had sinds de dood van Delmira iedereen kwijt gewenst. Ik was weggegaan van iedereen, en dit was het resultaat, dit was wat ik voltooid had. Ik was weggegaan en de mensen van wie ik was weggegaan waren intussen nergens meer te vinden. En zij was weggegaan bij mij.

Toen Hans Nast begraven werd, waren er mensen. Mensen die van andere landen, soms verre landen, waren afgereisd en mij de hand schudden. Sommigen van hen huilden. Er waren oude mannen zoals Hans zelf een oude man was geweest, die mij omhelsden en zij huilden. En ik was blij geweest voor hem, voor de oude gek. Hij had niet voor niemand geleefd. Een honderdtal mensen van wie ik er geen enkele ooit eerder had gezien, waren voor hem aanwezig geweest en hadden hem goed genoeg gekend om pijn te voelen bij zijn afscheid. Hij had niet voor niets geleefd. Zijn leven was niet zomaar gaan liggen.

Het gerinkel stopte eindelijk en ik hapte naar adem. Ik tikte opnieuw met mijn ring tegen de binnenkant van het bad. Boven water klonk het als wat het eigenlijk maar was. Niks gong maar klein getik, verloren in de tijd. De telefoon ging opnieuw over en ik ging staan in het bad. De airco stond aan en de kamer was koud.

Vader was dood en moeder was dood. Dat was het. Het was gewoon een gegeven. Zoals je een vraagstuk zou beginnen. Vader en moeder zijn dood en er zijn twee peren en een appel en hoelang rijdt Piet met zijn fiets naar school. Het was niet langer nodig om me druk te maken over mijn ouders. Hun zaken waren afgesloten. Of het enige wat van hen nog restte, waren zaken. Zaken en papieren die hier en daar om een handtekening vroegen.

Ik droogde me af en waste uit gewoonte mijn handen met een heel blokje zeep. Maar de restjes verf waren nu al zo lang van mijn handen verdwenen dat ik halverwege stopte. Ik kon me niet herinneren hoelang het geleden was dat je niet aan mijn handen kon zien wat ik deed. Misschien wel van voor ik begon te schilderen, toen ik in het huis met de gekken zat waar de rechter me heen had gestuurd. Moesten we douchen in kleine hokjes terwijl een opzichter aan de deur stond en met een fluitje de tijd aangaf waarop gewisseld moest worden. Het rook er naar schimmel en hormonen en ik haatte het er maar toen ik weer weg mocht was ik eraan gewend geraakt en was het best oké. Wel, het was wat het was. Je wist wat het was, dat was het voordeel, en als je wist wat iets was, dan kon je het aan.

Toen de telefoon een derde keer rinkelde, nam ik op. 'We wachten op je, broer,' zei Robert. Ik zei: 'Goed,' en legde neer.

Ik stond in de lift en keek in de spiegel. Ik had op verzoek van Hans een pak aangetrokken en zag er anders uit dan ik me voelde. Mijn handen schoon, alles schoon.

3

Straks zal ik opstaan en door de glazen schuifdeur naar buiten gaan en kijken of de wolken er zijn. Ik weet dat ze er zullen zijn. Omdat dat zo hoort. Veel van wat hoort, gebeurt niet in de wereld. Vaker gebeurt het omgekeerde. Mensen zeggen: 'Daar kun je op rekenen.' Maar je kunt helemaal nergens op rekenen. Daarom worden dezelfde mensen gek en gaan ze schieten of bidden. Vergeet dat je ergens op kunt rekenen. Vergeet dat wat hoort ook zo gebeurt. Maar dat de wolken er zullen zijn, weet ik wel zeker. Dat zij ergens nog is, weet ik zeker.

4

Sinds de begrafenis van vader waren er bijna drie weken voorbijgegaan en vandaag waren we allemaal weer samen. Het hotel waar we verbleven was uitgekozen door Hans. Helena vond het te duur, hoorde ik haar tegen Davy zeggen toen ik uit de lift kwam en de lobby in wandelde. 'Je ziet er goed uit,' zei zij toen ze mij zag. Ik was de avond voordien pas laat aangekomen en had slecht geslapen en daarna was ik in het bad gaan liggen. 'Jij ook,' zei ik, en ze gaf me een zoen.

Mirko was blij om mij te zien, zei Robert. Dat bleek ook toen mijn neef me omhelsde met de kracht van een worstelaar. Meer nog was ik blij om Mirko te zien. Ik had een computerspel voor hem meegebracht en daar speelde hij vanaf de eerste seconde mee zonder op te kijken. Toen hij ging pissen, hoorde je de gedempte deuntjes van het spel door de deur van de wc in de lobby.

Er waren maar een paar weken voorbijgegaan sinds we elkaar hadden gezien maar we hadden elkaar meer te vertellen dan aan het begin van de zomer, toen het jaren geleden was. 'Hoe stel je het nu?' vroegen we elkaar, alsof dat verrassende antwoorden zou opleveren. We ontbeten in het hotel en de kranten lagen open omdat Hans en Anthony ze haast allemaal hadden gelezen nog voor de rest aan het buffet was verschenen. In Thailand had een man zijn broer doodgeschopt, las ik.

Céline haar onderbuik was nu al zichtbaar dikker en ze bloosde. Maar ze zag er ook moe uit. Ze giechelde niet meer en ze liet Davy voortdurend om een doekje of een glaasje water naar een meisje achter de bar lopen. Davy deed dat met zoveel plezier, al die dingen voor haar halen, dat je ging geloven dat dit zijn ware roeping was en hij elk moment kon zeggen: 'Zien julie dit? Is dit niet geweldig?'

Toen ze hem om een kopje kamillethee had gestuurd, ging Céline buiten op het terras staan en daar stak ze een sigaret op. Iedereen aan tafel keek haar na maar niemand zei iets. Céline was de avond ervoor slordig geweest met het verwijderen van haar make-up en had nog uitgevaagde kringen onder haar ogen. Ik had niets met deze Française. Er zat geen bloed tussen ons, geen juridische documenten. Toch wilde ik haar vasthouden en zeggen dat het allemaal veel beter zou gaan wanneer ze haar Davy zou vertellen dat ze trouwen net zo'n goed idee vond als tijdens een storm in het meer gaan zwemmen.

Céline kwam net weer naar binnen toen Davy met een kopje thee kwam aangewandeld. Hij hield het op zo'n manier in evenwicht dat zijn entree op een circusact leek. In Thailand had een man zijn broer doodgeschopt omdat die boeddhist was geworden en dat de hele dag uitte met luide gezangen. Twee harde trappen in zijn nek later was de broer dood en was het weer stil. De moordenaar had meteen bekend. 'Ik kon het niet meer aanhoren,' zei hij en toen sloten ze hem op.

Hans wees ons op de tijd en het feit dat er weinig van restte voor we bij de notaris werden verwacht. Toen begon Helena een gesprek. Er was helemaal geen behoefte aan een gesprek, alles was goed geweest zoals het was. We hadden elkaar gezoend en schouderklopjes gegeven. We hadden elkaar enkele banaliteiten verteld over de voorbije weken en daar had het bij kunnen blijven. Maar Helena vroeg Robert hoe het nou met Monica gesteld was, en toen er niet gereageerd werd, herhaalde ze die vraag zodat niemand nog kon doen alsof de vraag nooit gesteld was.

Op de avond waar nu naar werd verwezen als 'het vorkincident' had Monica Mirko in een taxi geladen en was naar haar familie in Lugano getrokken. Uit respect voor het huis van de overledene, zo verklaarde ze net voor ze de deur uit ging, zou ze geen scènes maken. Toen zei ze 'Kom' tegen Mirko en ze vertrok met hem. We liepen achter Robert aan tot de voordeur van vaders huis. Vanaf daar schoven we stil naar buiten en we stonden allemaal om hem heen toen de taxi met zijn gezin door de poort verdween. 'Goed,' zei Robert toen. 'Misschien is het beter zo, voor de jongen.' Ik vroeg me af of hij dat zelf geloofde. Robert glimlachte en toen excuseerde hij zich.

Niemand had er sindsdien over gepraat. En nu wachtte iedereen tot iemand de stilte zou verbreken die na de vraag van Helena was gevallen. Achter de deur van het toilet speelde Mirko nog steeds hoorbaar met zijn computerspel. Toen verbrandde Céline haar tong bij de eerste slok van haar thee. Ze spuugde haar mond leeg in een kommetje yoghurt. 'Degoutant,' zei Hans. Waarop Helena zei dat hij maar beter zweeg voor iemand met zoveel aftershave op dit vroege uur.

5

De avond na de begrafenis van vader was Robert tijdens het diner opgestaan en had hij met een vork gegooid. Dat had niemand zien aankomen, en nog in het minst Monica. 'Ik vind het zo erg voor Mirko,' zei Robert een uur of wat later, nadat Hans en ik hem mee naar buiten hadden genomen om een uit de hand gelopen situatie te laten bedaren. 'Die knul vraagt natuurlijk helemaal niet om dit soort rotzooi. Hij begrijpt er niets van.'

Het was begonnen met de witte wijn die volgens Monica te warm was. Daarop had Robert ijs gehaald en dat had hij haar in een glas aangeboden. Zij had tegen Mirko gezegd: 'Kijk jongen, je vader wil wijn gaan koelen met ijsblokjes. Dat doet hij omdat hij zelf nog alleen maar frisdrank mag drinken, en omdat hij het plezier van het drinken voor de normale mensen ook wil vergallen.' Jarenlang had Robert geen druppel meer gedronken. Mirko lachte om de opmerking van zijn moeder, maar enkel omdat Mirko altijd lachte. Ook Robert lachte en hij keek iedereen rond de tafel aan om te laten zien dat hij lachte. Dat hij deze vorm van spot niet erg vond. Dat alles oké was. Hier en daar grinnikte iemand met hem mee. Maar er werd niet gegrapt over het drankverleden van Robert. Dat wist zelfs ik, en ik had hem in jaren niet gezien of gehoord. 'Ik kan de fles even voor je in de elektrische koeler zetten,' zei Robert. 'Nou, tegen de tijd dat die werkt, zitten we aan het dessert,' zei Monica.

Robert was daarop teruggekeerd naar de keuken en het was rond de tafel intussen stil genoeg geworden om de blokjes ijs in de gootsteen te horen klateren, en vervolgens een straal water te horen stromen.

'Dat is toch zo,' zei Monica terwijl ze verder at. 'Eet maar lekker, Mirko, liefje. Je bent helemaal rood, dat komt van al dat basketballen in de zon. De zon is hier gevaarlijk, in de bergen.' Ze keek niet eens mijn kant op, maar de beschuldiging was duidelijk. Ze had niet door dat de zon, zelfs hier in de bergen, al veel zachter was geworden.

'Is de zon warm?' vroeg Mirko.

'Vraag dat maar aan je slimme oom,' zei Monica.

Robert was nog altijd in de keuken. Ik veronderstelde dat hij de tijd nam om even tot rust te komen. Dat is wat ik gedaan zou hebben als ik hem was. Pas toen Mirko voor de derde keer mijn naam zei, begreep ik dat ik de slimme oom was. Ik nam aan dat ze Anthony niet als een volwaardige oom beschouwde.

'Ja, de zon is erg warm, Mirko,' zei ik. 'Warmer en lichter dan wat we kennen op aarde.'

'Warm als vuur?'

'Precies. Warm als vuur.'

'Warm als vuur!' herhaalde Mirko opgewonden tegen Monica.

Robert kwam de eetkamer binnen en had zichzelf een glas Coca-Cola ingeschonken met veel ijs erbij. Hij zette een nieuwe fles wijn op tafel. Een die zo koud was dat de druppels condens over haar schouders liepen.

'Mag ik ook cola, papa?' vroeg Mirko.

'Ga maar halen, jongen.'

'Ja, geef hem maar cola, maar jij hoeft niet zijn hand vast te houden als hij in de stoel zit bij de tandarts,' zei Monica.

Helena stond op en zei: 'Misschien moeten we maar eens aan het dessert beginnen.'

Céline kirde iets in het Frans.

Hans zei: 'Ga zitten, Helena, niemand wil nu dessert.'

'Dessert!' riep Mirko die met een glas cola kwam aangewandeld.

'Zie je wel,' zei Helena bitsig tegen Hans, 'Mirko wil wel dessert.'

'Ja!' zei Hans, die zijn armen in de lucht stak. 'Er is één iemand die het met je eens is en, o, kijk nou, het is het mongooltje!'

Robert legde zijn vork neer terwijl Hans aan zijn excuses begon – 'Het is Helena, ze haalt het in mij naar boven. Ik wilde niet –' zei hij. Anthony vouwde zijn servet, stond op, keek neer op Hans en liep weg. 'Tony, het spijt me, ik heb gezegd dat het me spijt,' zei Hans. En daarna 'Fuck' toen Anthony de kamer uit was. En daarna 'Sorry' toen Mirko meteen 'Fuck!' herhaalde en Monica luid zuchtte en 'Perfect, hoor' zei.

'Het is allang goed, laten we allemaal maar even rustig ademhalen,' zei Robert. 'Iedereen staat onder stress, hier.'

'Ja, dat is zo,' zei Davy.

Het bleef stil en Mirko dronk luid van zijn cola.

'Het is niet gemakkelijk,' ging Davy verder. Hij leek te denken dat hij als laatste spreker de situatie moest oplossen. 'We zijn hier tenslotte om een erg trieste reden.'

Niemand zei iets. Helena knikte.

'We zijn hier want we hebben papa net begraven,' zei Davy.

'Jezus,' zei Hans.

'We weten waarom we fucking hier zijn, Davy,' zei ik, en ik schrok minstens even hard van hoe ik het zei als de rest van het gezelschap.

Monica liet zich achterover zakken in haar stoel en zei: 'Deze wijn is natuurlijk weer veel te koud.'

'Zwijg, Monica,' zei Robert stil. 'Voor vijf godverdomse seconden. Zwijg. Zwijg, zwijg, zwijg.'

Er veranderde iets in de stilte in de kamer.

'Zielige gek,' zei Monica, 'niemand heeft je verstaan. Toen je nog dronk had je tenminste de ballen om eens goed te roepen. Halve man.' En toen greep Robert een vork van tafel en nog geen seconde later wist Monica die maar net te ontwijken, waardoor het ding tegen de muur knalde en klaterend op de grote stenen tegels in de eetkamer viel.

Mirko wist niet wat hem overkwam en begon te huilen. Hij liep naar Robert en begon aan zijn arm te rukken alsof hij eraf moest. 'Niet gooien naar liefje – niet gooien naar liefje. We mogen niet gooien,' bleef hij maar roepen. Dat deed iedereen zwijgen, zelfs Monica die op haar stoel zat en het tafereel aanschouwde. Haar lichaam hing uit het lood, als een tent zonder scheerlijnen. Wat zag zij er plots moe uit, de make-up zichtbaar op haar wangen en voorhoofd. Snel aangebracht, meer als clown dan als model. Haar haar een dag te lang niet gewassen en haar buik die, nu ze daar onderuit op die stoel lag, verder vooruitstak dan haar borsten. Een gebeurtenis, een banale gebeurtenis en ze was ingezakt.

Monica stond op en streek haar rok glad. Ze keek recht voor zich uit en hield haar lippen op elkaar. 'Kom,' zei ze tegen Mirko, die haar hand greep en samen met haar de kamer verliet.

6

De ochtend nadien werd het huis leeggehaald. Op de televisie in de verder lege eetkamer speelde een talkshow zonder geluid. Helena huilde achter de gesloten deur van de bijkeuken, waar ze dacht dat wij haar niet hoorden. Robert was weg. 's Ochtends had hij gezegd dat hij wat te doen had, en hij was ervandoor gereden. We zouden misschien ongerust over hem geworden zijn, als de deurwaarder en zijn verhuiswagens niet om acht uur stipt voor de poort hadden gestaan. 'Hier zullen we ze hebben,' zei Hans, en hij wandelde naar buiten. 'Wil je dat ik meekom?' vroeg Anthony. 'Nee,' zei Hans.

Vader was blut. Hij was dood, maar voor hij dood was, was hij al blut. 'Een mislukt huwelijk te veel,' noemde Hans het nadat hij de papieren had gekregen van de boekhouder. 'De Spaanse hoer,' zei hij. Een dag lang was hij in de weer geweest met dozen vol documenten. Hij leek teleurgesteld, Hans. Grote Hans junior. Er zat zoveel boosheid in hem toen hij ons het nieuws kwam vertellen, dat zelfs wanneer die boosheid elke dag een beetje zou afnemen, er op zijn laatste uren nog genoeg van zou resteren om het verschil nauwelijks op te merken. Hij vloekte vaak en we moesten hem twee keer hetzelfde vragen voor hij antwoordde. Alsof hij verraden was en nu nadacht hoe dat had kunnen gebeuren. Hij had van ons allen het verdwenen kapitaal van vader het hardst nodig gehad. Niet om ervan te leven, maar als een bevestiging van zijn geloof in de oude gek. Bij het ontbijt, net voor de bel ging en de vrachtwagens de poort binnenreden, noemde Helena hem junior toen ze hem om de kan koffie vroeg, en toen sloeg hij op tafel en moest Anthony hem kalmeren. Toen was Helena gaan huilen in de bijkeuken.

Ik weet niet hoeveel verhuismannetjes er uiteindelijk waren, maar het waren er genoeg om enkel nog hun identieke overalls te zien en niet meer hun gezichten. Ze liepen als mieren binnen en buiten en vulden twee vrachtwagens. Laadkleppen open en eindeloos stapelen. Soms riep er een, soms werd er ergens gelachen. De twee diksten stonden aan de laadklep en zeiden: 'Hier kan nog wat bij, blijf maar laden.' Er liepen nog andere mannetjes rond, in duurdere pakken dan die van de verhuizers. Zij stonden bij meubels en noteerden. Ze maten het huis op en noteerden. Zij belden mensen op en noteerden. Soms kwam er een met Hans overleggen. Ik was blij dat ze met Hans kwamen praten want ik zou niet geweten hebben hoe ik hun vragen kon beantwoorden. Soms vroegen ze iets en dan knikte Hans en dan haalde hij een document en duidde een en ander aan. Hij kon dit soort dingen. Hij was de oudste van ons.

'Ja, ze komen natuurlijk alles halen,' zei hij toen ik kwam aangewandeld. We stonden op het bordes.

Ik knikte. 'Het huis?' vroeg ik.

'Dat wordt verkocht door de bank,' zei hij. 'Als je interesse hebt, dit is je kans.'

We keken elkaar aan en lachten.

'Ja,' zei ik.

'Ja, ja,' zei hij, op zachter volume.

Helena liep nu rondjes om het huis met een grote zakdoek in haar hand. Ze rommelde in een doos en ze liet me iets zien waarvan ik niet begreep wat het was. Een kapot stuk speelgoed of misschien een fotolijstje. Ik stak mijn duim op en ze liep weer door. Als ze niet huilde, dan liep ze rond met een glimlach, maar geen glimlach waarvan je rustig werd.

'Robert zei dat je het een en ander met de politie te doen had, daar in Slovenië,' zei Hans.

'Ja,' zei ik, 'dat was niks.'

'Ik hoorde dat je weer was gaan vechten.'

Ik was blij dat Anthony er op dat moment ook bij kwam staan met zijn begripvolle glimlach en zijn witte kleren. Toen ik samen met Hans in een taxi en vader achter ons in een lijkwagen weer uit Nova Gorica terugkeerde, had hij ons op staan wachten. Hij zag me en ik dacht misschien dat hij boos zou zijn, maar hij gaf me een knuffel. Het was een knuffel tussen een ervaren gever en iemand die niet wist hoe hij er een moest ontvangen. 'Gaat het met je?' vroeg hij. Hij hield me nog steeds vast. Ik had geen zin om 'Ja, het gaat' in iemands oor te fluisteren. Toen hij me losliet zei ik: 'Het gaat best.' Hij keek me aan alsof ik net had gezegd dat het helemaal niet ging en ik voor een jaar wilde slapen. 'Ik weet het,' zei hij.

'Ze maken vaart,' zei Anthony.

'Ja,' zei ik.

'Ja,' zei Hans.

Zelfs een man die blut was liet wat na. Er was een huis en er waren spullen. Er waren rechthoekige plekken waar de schilderijen het behangpapier de voorbije tien jaar voor stof hadden behoed. Er waren vlekken op het parket van waar ooit wijn omgevallen was, er zaten putjes in het hout van de meubels en van de hakken van de vrouw uit het laatste huwelijk en misschien wel van andere vrouwen. Er lag stof. Dode huidcellen. Een huis verzamelde dode huidcellen en als er iemand nieuw kwam, dan deed die zijn best om dat weg te zuigen en op te vegen, maar in de spleten en de kieren van een huis bleef iedereen uit het verleden haken.

We stonden met ons drieën een tijdje naar de mannen in overalls te kijken. De eerste verhuiswagen werd dichtgeklapt en het slot ging erop. Toen ging Hans naar binnen.

'Voor Hanzi is dit erg moeilijk,' zei Anthony.

Ik keek over mijn schouder en zag mijn oudste broer binnen staan, voor de televisie op het kleine bijzettafeltje waarop iemand het ding weggezet had omdat ze het groot meubilair hadden meegenomen

'Ja,' zei ik, 'natuurlijk.'

7

Toen Robert die avond om zes uur nog niet thuis was, besloot Helena dat hij gezocht moest worden. Ze stond aan het raam en daar stond ze al zeker een uur. Ze tikte met haar nagels op het vensterblad. Het huis was leeg, nu.

'Bel hem gewoon,' zei Hans.

'Ik ben niet achterlijk,' zei Helena. 'Zijn telefoon ligt op het aanrecht.'

Hans haalde zijn schouders op. 'Hij komt wel weer thuis.'

'Als hij maar niet weer gaat drinken,' zei Helena.

'Ach nee, doe niet idioot,' zei Hans.

Ze spraken met elkaar zoals broers en zussen dat konden. De woorden deden er niet toe. Al noemde je elkaar klootzak of trut of achterlijke koe, de betekenis was altijd: we zijn hetzelfde stuk vlees.

'Wat jij, Igor? Kom jij mee Robert zoeken?'

'Als je dat wilt.'

'Kijk, hem kan het wel wat schelen,' zei Helena tegen Hans.

'Hem kan het helemaal niets schelen. Hij wil gewoon van je gezeur af.'

We lachten flauw.

'Wat wordt er gelachen?' vroeg Robert terwijl hij binnenstapte.

'O, je bent er weer!' zei Helena. 'We waren zo ongerust.'

'Ik niet,' zei Hans.

'Och, oude zeurnicht,' zei Helena.

'Lesbisch kalf,' zei Hans.

Toen knuffelden ze elkaar. 'Kom, Robert,' zei Helena terwijl ze haar hoofd tegen de borst van Hans legde.

'Ik zweet,' zei Robert.

'Hij zweet,' zei Hans.

'Jij ook, Igor,' zei Helena. Ik wuifde haar aanbod vriendelijk weg.

'Tenminste wat jong mannenvlees erbij,' zei Hans.

'Gatver, Hans,' zei Helena.

'Het is toch waar. Hij is maar halve familie. Dan mag het. Half.' Hij knipoogde naar mij.

De deur van de keuken klikte dicht en Robert was verdwenen.

'Gaan douchen,' zei Hans, en hij liet Helena los.

'Had hij nu gedronken?' vroeg ze.

'Natuurlijk niet,' zei hij.

'Igor, denk je dat hij had gedronken?'

'Nee.'

'Zie je wel,' zei Hans. 'Het is oké. We zijn allemaal oké.'

8

'Doet het nog pijn, liefste schat?' vroeg Davy toen Céline een glas water dronk nadat ze haar tong had verbrand aan de kamillethee. Hans liet een serveerster de tafel afruimen.

We waren de enigen in het hotel. Het seizoen was achter de rug, zei de eigenaar, en hij knikte naar het stukje verlaten Vierwoudstrekenmeer waar zijn hotel op uitkeek. Hans had het hotel uitgekozen omdat het ongeveer in het midden lag tussen het huis van vader dat nu te koop stond en het kantoor van de notaris.

'Schat? Doet het pijn?'

'Natuurlijk doet het fucking pijn,' zei ze.

'Het gaat zo wel over,' zei hij.

Toen gingen we allemaal naar de notaris onder leiding van Hans. Na het bezoek aan de notaris gingen we koffiedrinken ook al hadden we bij de notaris net koffiegedronken en ook al hadden we bij het ontbijt voor het bezoek aan de notaris ook al koffiegedronken.

Vader had zijn schulden en delen van zijn leven aan ons nagelaten. Alles netjes verdeeld onder zijn nabestaanden. Hans was de enige die wist hoe hij zijn geld verdiend had en was vast op de hoogte van nog een heleboel andere zaken die hij ons niet vertelde. Robert wist wat het betekende om een vader te zijn en had het als enige van ons duidelijk beter gedaan dan hij. Ik wist wat er in 1972 in Nova Gorica was gebeurd.

Ik wist niet of hij mij dat deeltje gegeven had om een andere reden dan het feit dat ik jong was en niemand had om een geheim aan te vertellen. Misschien had hij het aan mij gemerkt, dat ik niets liever wilde dan in beweging blijven. Hij had het gemerkt en hij had het uitgebuit. Mensen bleven even grote klootzakken na als voor hun dood; het verschil was alleen dat we er na de dood om konden lachen. 'Wat een klootzak was hij toch,' lachten we, 'wat een vreselijke klootzak!' En nog harder lachen. En dan volgde de soort stilte waarin je gemis voelt.

Toen de verhuizers de laatste doos hadden ingeladen en het huis door de bank in beslag genomen was, resteerde er nog een kleine schuld. We hadden vaders erfenis aanvaard, dus Robert, Hans en ik verdeelden die schuld onder elkaar. Om Helena en Davy te beschermen, maar ook om er meteen vanaf te zijn, van de zaken van Hans Nast.

Het appartement in Basel dat ik een vijftal jaar eerder op aanraden van Frank als investering kocht, schonk ik na de begrafenis aan Helena. Zij kon het goed gebruiken. Lima leek haar plots ver, had ze gezegd terwijl we samen naar de oude vrienden van vader stonden te kijken na de dienst. Ik betrapte me erop dat ik zelf ook liever had dat ze in de buurt bleef. Of dat ze tenminste op een plaats woonde die ik kende, die wij allemaal kenden. Ze was al verhuisd en liet me op haar telefoontje een hele reeks foto's zien van hoe ze het appartement had ingericht. Er hing een paarse doek aan de muur met een of ander gedicht erop in het Spaans en er stonden overal kaarsen. Maar ik keek allang niet meer naar het scherm maar wel naar haar. Ze was zo klein en ik kende haar helemaal niet. Ergens in de wereld was mijn zus opgegroeid, en zij had geleden en ook geluk gekend, en alles tezamen leidde dat tot een broos meisje van ergens in de veertig, dat naast mij op een stoel zat en een koffie dronk zonder suiker omdat ze dacht dat suiker het einde van alle goeds betekende voor haar lichaam.

Ze praatte en tegelijk legde ze de rug van haar hand tegen haar wang en liet haar hoofd rusten. Iemand had haar ooit getroost, maar die iemand was ver weg of misschien wel dood en nu moest ze het zelf doen. Zoals verliefden in het hoogste gemis hun eigen huid kusten, zo vertelde zij zichzelf dat het goed zou komen. Ik wilde haar toespreken, haar onderbreken in haar relaas over de kleur die ze in de woonkamer wilde en een oud Perzisch tapijt dat volgens haar perfect was bij de bank. Maar natuurlijk zweeg ik. Families zwegen, maar ze zwegen wel samen.

'Vind je het mooi?' vroeg ze aan het einde van de reeks foto's.

'Ja,' zei ik, 'echt heel mooi.'

'Leugenaar. Echt waar?'

'Wat kan jou dat nu schelen?'

'Helemaal niks,' lachte ze.

'Precies,' zei ik, en ik was voor het eerst blij dat ik iets had gekocht wat Frank me had aangeraden.

9

Dit is wat ik Robert vertelde toen we samen in de auto zaten. Namelijk dat er drie dingen waren die je moest doen met volle overgave omdat je er anders dood aan ging. Of, erger nog, omdat je er anders een leeg en onzinnig mens van werd. Motorrijden was het derde. Dan had je nog je werk en liefhebben op één en twee of op twee en één.

Je kon die dingen ook gewoon zonder overgave doen, maar dan riskeerde je dat je alles verloor wat van waarde was. Een mens had interessant werk nodig, een mens moest ten minste één iemand ten volle liefhebben. Anders zou hij alleen maar tollen. Hij zou niets inademen, niets proeven, nooit gebeten worden en nooit op zijn knieën door het warme zand kruipen, lui en wakker en geil en vuil, naar iets wat hem verraste, zodat zijn zintuigen gingen duizelen en zijn huid ging tintelen als gebeten door een slang.

Ik had lang gezwegen en nu predikte ik tegen Robert, die misschien gewoon naar stilte verlangde. En wat ik allemaal zei, diende meer om mezelf te overtuigen dan hem. Robert had geen vragen gesteld en we hadden in stilte gereden en toen we in Zürich aankwamen bij een modern gebouw, zei hij: 'Dit is het.'

'Kom verder,' zei hij toen we binnen waren, en ik volgde. Het was middag en de rit van het hotel naar Zürich had me slaperig gemaakt. Robert liep voor me uit door een smalle gang die naar een kamer leidde die voor een hele zijde uit glas bestond. Achter het glas lag een meer en achter het meer lag een berg.

Dit kleine appartement had alles volgens Robert. 'Zicht op dat meer en dan die berg erachter. Prachtig. Glas en licht. Eenvoud en luxe. Verfijning en rust.' Hij zei het alsof iemand het hem toefluisterde uit een brochure en hij het met tegenzin herhaalde. Een slechte acteur in zijn eigen, nieuwe decor.

Er was een automatische stofzuiger die 's avonds naar zijn hoekje reed om op te laden net zoals een dienstmeid ooit naar haar zolderkamertje trok om zes uur te slapen tot het volgende karwei. Okergele zetels uit een duur magazine stonden nogal zelfbewust in de ruimte die verder enkel uit beton en glas bestond.

'Hier laat ik een douche zetten, helemaal van glas,' zei hij enkele kamers verder. 'Hier staat zoals je ziet het bed, dus als ik hier lig, dan kan ik zo televisiekijken. Of opstaan en recht mijn douche in wandelen.'

'O ja,' zei ik. We stonden in de kamer en keken naar het bed. Ik zocht naar tekenen van Mirko. Hier zou hij elke twee weken logeren, met computerspellen spelen en hopelijk harten aan de muur ophangen.

'Zo,' zei Robert terwijl hij ongemakkelijk op het bed ging liggen zonder zijn schoenen van de grond te laten.

'Ja,' zei ik, staand. 'Mooi.'

Hij kwam overeind en keek rond. Wees naar de lege plek in de badkamer.

'Helemaal van glas,' zei hij weer. 'De douche.'

Ik vroeg me af waarom je altijd meteen merkte aan mensen met huizen zoals dit, met verborgen tv's en glazen douches in hun slaapkamer, dat ze niemand hadden om al die rommel mee te delen. Dat het bijna altijd om mensen ging van wie je wist dat ze niemand hadden om vanuit hun bed achter het glas van die douche te zien staan. Niemand die ze met overgave liefhadden. Niemand die hen liet tintelen.

'Ik ben blij voor jou,' zei ik.

'Ik verlies mijn gezin en jij bent blij voor mij?' Hij probeerde die idiote opmerking als grap te verkopen, en ik deed alsof dat gelukt was, dus we lachten samen.

'Zullen we iets eten?' vroeg ik. Dat had ik van Frank geleerd. Als er geen uitweg meer was, ga dan wat eten.

'Laten we iets eten,' zei hij.

We aten om de hoek van het gebouw in een Italiaans tentje en hij kwam bij me staan toen ik ging roken tussen de secondi en de koffie.

'Weet je nog toen we samen op vakantie gingen?' vroeg ik.

'In Menton?' vroeg hij.

'Nee,' zei ik, 'in dat huisje in het bos.'

'Die keer bleef ik bij moeder thuis, denk ik.'

'Nee, jij was er ook bij. En pa en die Amerikaanse.'

'Zeker?'

'Ja. We maakten dat vlot.'

'O ja. Dat perceel met dat kleine huisje. En er was helemaal niets te doen en er was een klein zwembadje dat naar voeten stonk?'

'Zoiets, ja.'
'Ja, nu weet ik het weer. Dat was een prachtige vakantie.'
'Ja,' zei ik.

10

Toen we weer bij het hotel arriveerden, zat Anthony op een bank bij het meer voor het hotel terwijl hij keitjes in het water gooide.

Taxi's reden aan. Een voor het verloofde paar Davy en Céline, richting luchthaven. Een voor Hans en Anthony, richting hun landhuis in de buurt van Bern. Een voor Helena alleen en ook een voor mij alleen. Koffers werden ingeladen door het hotelpersoneel en Anthony zat intussen aan de overkant van de weg, naar kringen in het water te kijken.

Een normaal mens keek naar kringen in het water, Anthony bestudeerde de patronen erin. Ik moest denken aan wat hij me weken eerder had verteld in de keuken van Huize Nast. Hoe het kon dat de polen veranderen en dat de deeltjes in het magnetische veld even in de war waren voor ze hun nieuwe plaats hadden gevonden. De mechanica van een familie was niet veel anders dan die van de planeten in ons zonnestelsel. Wij volgden voorspelbare trajecten. Wij cirkelden in schijnbare chaos door elkaar heen. We trouwden, we maakten ruzie, we vierden verjaardagen, we scheidden, we begroeven onze doden. Maar hoe chaotisch dat geheel ook was, het leek stabiel.

Ik liep terug naar de hotellobby en belde Frank. Ik vroeg hem hoe het was. Goed, zei hij, en hoe het met mij was. Goed. Of hij mijn lijstje had gekregen. Dat had hij. Daar was hij erg blij mee geweest. 'Acht doeken,' zei hij, alsof ik ze al beschilderd en hij ze al verkocht had. Ik vroeg hem of hij de slaappillen niet vergat. Die zou hij niet vergeten. Ik vertelde hem dat ik het huis in Basel aan mijn zus had gegeven. Dat vond hij tot mijn verbazing prima. Het belangrijkste, zei hij, is dat jij je goed voelt. Het belangrijkste is dat je je goed voelt en weer aan het werk kunt gaan. Dat is waar, zei ik. Hij zei: Ik ben blij je te horen, Igorski, dat meen ik. En ik geloofde dat hij het meende. Ik zei dat we zouden lunchen samen. Hij stelde L.A. voor. Ik zei: Dat is goed.

11

Het huis in de wolken stond waar ik het had achtergelaten. Ik belde en zei: ‘Kom naar hier, ze hebben lekker ijs.’ Ze zei: ‘Ik weet het.’

12

De vlucht naar L.A. duurde lang en de slaappillen die Frank me had laten bezorgen hielpen niet. Ik deed wat ik deed wanneer ik haar miste. Dan legde ik mijn rechterhand op mijn linkerborst zoals zij deed. Daar voelde je spieren en warmte en hartslag tegelijk. Het was een goede plek. Wanneer ik voelde dat de angsten het van me overnamen, dan legde ik mijn hand op mijn borst en dacht: Alles gaat voorbij. Dat was niet zo. Alles was met elke dag weer een dag langer geleden, maar nooit voorbij. Ik voelde hoe mijn hartslag steeg en beeldde me in dat ze tegen me aan stond en dat het haar hand was en haar stem die zei: 'Alles gaat voorbij.'

Ik dacht aan wat ik had geschilderd. Alles wat ik had gemaakt, was uit verdriet geweest. De doeken waren voor mijn lieve Delmira en voor moeder geweest. Ik schilderde en dacht: Kijk maar, dit is wat ik doe. Ik doe niemand kwaad. Ik ga niet slaan. Ik ben stil en ik schilder.

Ik wilde naar de enige plek die op een thuis leek. Ik had wel huizen en ze waren volgens de akten van mij, maar ze stonden op plekken waar ik niet meer heen wilde. Ze stonden daar. Ze hadden buren. Mensen reden er voorbij. Kinderen kaatsten een bal tegen de gevel, er pisten honden in het portaal. Er hing lucht in de kamers, er viel licht door de ramen. Er hadden ooit andere mensen gewoond en die mensen hadden er gefeest en geneukt en ruziegemaakt en toen kwam een makelaar en die liet het opruimen en toen kocht ik het omdat Frank zei dat het een goed idee was. Frank kon op zijn computer in alle huizen binnenkijken. Soms liet hij me zien dat alles goed was. Maar het enige wat echt goed was, was Helena die in Basel haar lelijke Perzisch tapijt uitrolde en domme gedichten aan de muur hing.

Ik wilde alleen zijn of liever nog bij iemand met wie ik goed alleen kon zijn. Ik dacht aan Mirko en wilde weten hoe het met hem was. Ik miste hem. Ik miste het achter die stomme bal aan lopen die hij zelfs niet in de goede windrichting wist te werpen. Ik miste mijn broers. Niet hard. Niet voortdurend. Maar soms wel. Soms miste ik hen allemaal.

13

Ik dacht dat ik Delmira zag, dat was alles. Er was een moment waarop ik dacht dat ik Delmira zag en toen was het voorbij. Dat was twee weken nadat we de motor hadden gekocht. Charlie Days klungelde met haar helm, en toen lachte ze en stapte ze achterop. We reden die eerste keer door L.A. tot de nacht koel werd en sindsdien was dat het liefste wat we deden aan het einde van de dag. We reden weg van te veel mensen op te weinig plaats. Hard over het asfalt, alsof de stad in brand stond en de vlammen ons op de hielen zaten. Dan klemde ik mijn benen rond de motor en zij de hare rond mij en we zeiden niets maar wanneer we weer voor het wolkenhuis afstapten leek het alsof alles gezegd was en dan gingen we zonder woorden samen naar bed.

Met haar telefoon belde ik met Frank Sonntag. Ik zei hem: 'Er komen grootse dingen aan.' En hij zei: 'Prachtig, wat dan?' Dat kon ik niet zeggen. Ik wist het nog niet. Ik wist niet wat er zou komen maar ik wist dat het groots zou zijn. Zo voelde het. Zo voelde het als ik naar haar keek en als we samen aten of terwijl ze zich afdroogde in de badkamer en de deur liet openstaan. 'Bereid je maar voor,' zei ik tegen Frank, 'bereid je voor want alles moet nog komen.'

Als we 's avonds door de stad reden op de motor, schoven we traag onder het licht van de lantaarns. Ik kon me niet herinneren wat me ooit gelukkiger had gemaakt. We reden naar de zon die onderging in de wetenschap dat zij ons altijd te snel af zou zijn. Maar zolang het nog kon bleven we in haar oranje gloed rijden. We zetten onze helmen af en we praatten en ze legde haar hoofd tegen mijn rug en ik mijn linkerhand op haar been en dan reden we rond en dat was wat we deden.

Ze zei: 'Zullen we ijs eten?'

Alles gaat ooit verloren. Zoals een naaimachine twee lappen stof aan elkaar stikt, zo haasten wij ons een weg, plaats en tijd met elkaar verbindend. Slag na slag na slag, richting een einde. Wat we intussen vaak vergeten, is dat eenvoudige feit. Het gaat richting een einde.

Ik keerde me naar haar en zei: 'We eten ijs,' en trok op.

Zij schrok eerst en ik voelde haar benen opspannen en draaide me naar de weg en zag in een flits het kind dat langs de kant van de weg stond plots de straat op lopen. Ik dacht dat ik Delmira zag. Dat was alles. Er was een moment waarop ik dacht dat ik haar echt zag en toen was het voorbij. Ik zag hoe de aanrijding zou gebeuren, ik hoorde de plof al en voelde de val nog voor er iets gebeurde. Toen trok ik de motor recht en net voor de stoeprand kwamen we tot stilstand. Het kind stond nog op dezelfde plaats.

We reden traag met de motor naar huis en mijn hoofd bonsde harder dan het ooit had gedaan. Charlie Days wilde alleen maar praten. Ze wilde alleen maar wat we allemaal willen. Niet eenzaam zijn wanneer je samen bent. Maar ik wilde helemaal niet praten, ik wilde met rust gelaten worden. Ik wilde bij Delmira zijn en haar uitleggen hoe we hier waren geraakt. Hoe ik zomaar kon rondrijden op een belachelijke motorfiets, door L.A., alsof er niets was gebeurd. Hoe ik tegen Frank kon zeggen dat alles nog moest komen.

Ik voelde het niet opkomen. Ik voelde niet hoe de vaten volliepen. En plots greep ik een kandelaar en toen lag het glas van de schuifdeur op de grond en ik schrok en hoorde hoe de kandelaar weer uit mijn handen viel en ik keek op en zag haar ogen. En ze bleef. We zwegen en we gingen naar bed en ze bleef.

’s Ochtends had ze de scherven opgeruimd en de glazen schuifdeur open laten staan. We waren samen het huis uit gelopen en bij thuiskomst was ik gaan slapen. Toen ik wakker werd in de namiddag merkte ik dat er iets was veranderd. Dat was dag één geweest. Ik had heen en weer door het wolkenhuis gelopen en was daarna de heuvel afgedaald, de stad in. Ik dacht dat er misschien een brand was uitgebroken of dat er een ramp was gebeurd. Die dingen waren mogelijk. Mensen staken dingen in brand. Rampen gebeurden.

14

Sinds die namiddag in het wolkenhuis was ze weg, maar dat hield me niet tegen om haar voortdurend te zien. Ik zag eerst haar gezicht. Dat gezicht zou dan gaan lachen, omdat het mij ook zag. Daarna hoorde ik haar stem, en vrijwel meteen haar lach. Dan volgde er stilte. Stilte waarin je niets hoorde buiten ademhaling en hartslag. De details volgden. De hoek van haar neus, de lijn van haar wenkbrauwen, de lijntjes in haar lippen. Dan kon ik haar haren ruiken, en de warmte voelen in haar hals. De huid van haar heupen onder de met verf besmeurde toppen van mijn vingers.

Soms stapte ze uit het zwembad en leek ze te verlegen om me recht aan te kijken. Of ze vond het gewoon beter dat alleen ik keek. Dan sloeg ze een handdoek om zich heen en kwam voor me staan. Ik kuste snel de druppels water van haar huid voor de zon ze kon opdrogen. Ik kon enkel haar stilte horen en het geklots van het water in het kleine zwembad dat door de filterpomp werd aangezogen.

15

Mijn naam is Igor Nast en ik ben het eerste kind uit het enige huwelijk tussen mijn moeder en mijn vader, Ann Delahaye en Hans Nast. Het is de eerste herfstdag en ik word wakker in een kapel van licht in het wolkenhuis. Toen ik hier enkele dagen geleden aankwam, stond het huis waar ik het had achtergelaten. Het leek kleiner. Het had verf nodig. De man wilde het niet verkopen dus huurde ik het weer. De kraan lekte. Ik reed naar een winkel en herstelde de kraan.

Ik was hier al eens, op deze plek, en nu ben ik terug. Nu ben ik terug en alles is anders maar onze plek bleef dezelfde. De plek is niet verloren.

Straks zal ik opstaan en door de glazen schuifdeur naar buiten gaan en kijken of de wolken er zijn. Ik weet dat ze er zullen zijn. Omdat dat zo hoort. Veel van wat hoort, gebeurt niet in de wereld. Vaker gebeurt het omgekeerde. Mensen zeggen: 'Daar kun je op rekenen.' Maar je kunt helemaal nergens op rekenen. Daarom worden dezelfde mensen gek en gaan ze schieten of bidden. Vergeet dat je ergens op kunt rekenen. Vergeet dat wat hoort ook zo gebeurt. Maar dat de wolken er zullen zijn, weet ik wel zeker. Dat zij ergens nog is, weet ik zeker.

Ik bel en zeg: ‘Kom naar hier, ze hebben lekker ijs.’

Ze zegt: ‘Dat weet ik.’

Ze vraagt: ‘Mis je iets?’

‘Nee.’

‘Weet je het zeker?’

‘Nee.’

‘Weet je wat ik mis?’